宇野由紀子の「朝5時、きょうも元気」

ラジオの絆

「ラジオの絆」編集委員会編

海鳥社

1999年元旦、古処山からのご来光。小郡市大崎　永江良典

陽は昇る

「朝5時、きょうも元気」の人気コーナーに「お日様リポート」がありました。早朝番組らしく「日の出」の瞬間をリスナーがレポーターとして、台所、寝室、散歩中の公園、新聞配達の途中、さらに出勤途中の車から降りて携帯電話でリポートしていただきました。それはそれは、ラジオならではの見事な表現で、リスナーにイメージと感動を与えてくれました。

しかし残念ながら、冬場は日の出が七時を過ぎるため放送できません。そこで、日の出の写真を撮っていただき、その写真をスタジオで見ながらリポートをお願いしました。

日の出の瞬間は勿論、あかねに染まった雲、曽根干潟の危機を訴える作品、橋と日の出をテーマにした作品など感激させられました。

多々羅大橋（広島県生口島、愛媛県大三島間）の日の出。
三原市小坂町　久保田一彦

津屋崎の海岸での1999年初日の出。宗像郡津屋崎　西山とみ子

上・街の夜明け。福岡市城南区別府　森哲一（64歳）
下・1999年、初日の出。三原市小坂町　久保田一彦

台所の窓から、1999年10月11日。中津市犬丸　中尾憲子（52

夕日が日本海に沈む、棚田も染まる。下関市稗田北町　谷山昇

11月の日の出。大牟田市築町　荒木信光

12月の新門司海岸の夜明け。北九州市門司区藤松　山下昭生

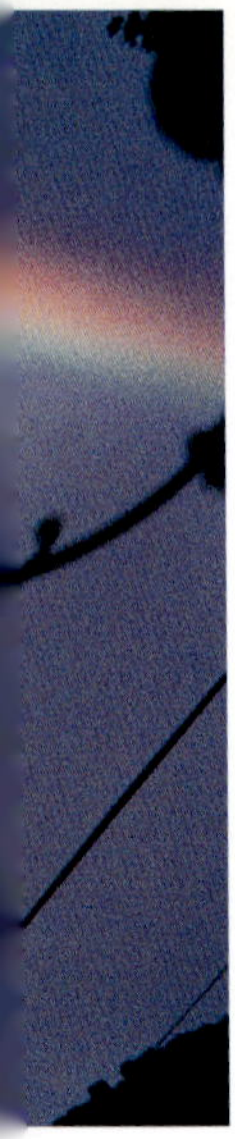

上・糟屋郡ことりごえでの一九九九年の初日の出。糟屋郡須恵町　金子理行
下・十一月十九日、夜須町三輪小学校付近で。太宰府市水城　友納幸雄

我が家の庭で。遠賀郡岡垣町　北野利江

3 月23日、おにぎり山の日の出。北九州市小倉北区上富野　西村嘉文

上・下ともに、曽根干潟にて。北九州市小倉南区　藤田宏富

きずな

　春まだ浅い三月、一本の電話がかかってきました。まず耳を疑って出た言葉が「五時、朝の五時ですか?」でした。アナウンスの仕事を始めてかれこれ三十年になりますが、こんなに早い時間帯を担当したことはなかったのです。

「早朝の番組をテコ入れしたい。若い人じゃ駄目なんです。結婚していて、子育ての経験があって、生活感のある人がいいんです」という話。キャリアより若者指向、中高年のリストラが叫ばれる昨今、「若い人じゃ駄目なんです」。この言葉に心が動きました。

　そして四月、「宇野由紀子の朝5時、きょうも元気」がスタートしたのです。月曜日から金曜日まで朝五時から二時間の生放送です。それから早起き苦手の私の三時起きが始まりました。スタジオには四時に入らなければなりません。春から夏と季節がめぐっても、三時はまだまっ暗、朝というより夜の闇の中の出勤です。一番の不安は、毎朝起きられるかどうか、そして健康管理でした。

こんな時間、誰が聞いてくれるのか、果たして反応はあるのか、そんな不安の中で自分に言い聞かせたのは、一日のスタート、同じ時間をラジオの前で共有してくださる皆さんに、「私の元気をお届けしよう」でした。何よりも番組のタイトルが「きょうも元気」なのですから。

スタートして、一ヶ月、二ヶ月、ポツポツとお便りが届くようになりました。そして半年もたつと、紹介しきれない程のお便りの山となっていました。

「朝のテーブルいろ鉛筆」というお便りを紹介するコーナーには、テーマごとにたくさんのお便りが寄せられました。春、入学式を迎え、成長した我が子への思いを綴ったお便り。母の日、父の日、お母さんお父さんへのそれはそれはしみじみとしたお便り。夏には悲惨な戦争への体験談を綴ったお便り。秋、ふるさとを思う暖かいお便り。冬、家族の一年を振り返ったお便り。他にも嫁姑の話、夫婦愛など、日常の暮らしの中から、それぞれの人生模様がたくさん届きました。

お便りを読みながら、その熱い想いに涙した事も度々でした。プロとして放送中に泣くなんてお恥ずかしい話ですが、その時はラジオのパーソナリティーというより、一人の人間として、そのお便りに自分を重ねてしまっていたのです。それはラジオの前の皆さんも同様だったようです。

共に感じ、共に悩み、共に涙し、共に喜び……いつの間にか「朝5時きょうも元気」の大家族が出来た思いでした。いつもいただくお便りが届かなくなると、病気でもしたのではと心配して呼びかけたり、受験生を持つ家族のお便りに皆で結果を気にしたり、一つのお便りからたくさんのラジオの輪が広がっていきました。

長年ラジオの仕事に携わり、ラジオが大好きな私でしたが、これ程ラジオの絆を再確認した番組はありませんでした。ラジオは、リスナーとパーソナリティーが一緒になって作り上げていくものだということを、改めて教えられたように思います。

いつの間にか私自身「朝5時家族」にどっぷり浸かってしまっていた二年間でした。こんな経験は後にも先にも初めて――本当にたくさんのことを学んだ二年間でした。

二年間を振り返り、朝が苦手な私が、一度だけ目覚まし時計の故障で素ッピンでスタジオに駆け込んだことを除けば、よく遅刻もせず頑張れたものだと、我ながら感心してしまいます。それもこれもリスナーの皆さんの熱い心に支えられていたのだと思います。

突然の番組終了を惜しむリスナーの皆さんの熱い想いから、番組へいただいたお便りを本にしたいと、ボランティアの編集委員会が発足し、出版の運びとなりました。

素敵な番組に出会えて、たくさんの出会いがあって、すばらしい仲間との絆が芽生えて、最高に幸せな気持ちです。

ラジオを通じて固い絆で結ばれた人たちと、番組が終了した今もお付き合いの輪は広がっています。宇野由紀子の「朝5時、きょうも元気」に寄せられたお便りをご覧になって、人と人とのぬくもりを感じて頂ければ幸いです。

世の中まだまだ捨てたものじゃないですね。

二〇〇〇年六月二十日

宇野由紀子

ラジオの絆●目次

春

●——卒業、入学……別れと出会い

●——夏がくれば思い出す

秋

●――恋文

ラジオの絆

本書は一九九八年四月から二〇〇〇年三月まで、ＫＢＣ朝日放送で放送された「朝5時、きょうも元気」をもとに編集しました。
執筆者名は、原則としてラジオネームがある方はラジオネームを、その他はお名前を表示しています。

表紙カバー装丁＝清水要＋橘昭司
本文カット＝松井公子＋はしもと雅美＋中間令三＋吉村直子

春

「朝のテーブル・いろ鉛筆」は毎月、テーマを発表し、作品を募集しました。

春は卒業、入学、就職、転勤。特に卒業は、入学就職に比べ話題が豊富でした。親としてみれば卒業というセレモニーに心に深く感じるものがあるのでしょう。

春というより初夏と言っていいテーマは「母、父」でした。

手前味噌で恐縮ですが、父がなくなった時、特に悲しみにくれることはありませんでした。でも、母が八十歳で亡くなった時、その前日に電話で話したばかりでしたので、そのショックは大きく涙々……。

リスナーのみなさんも父より母への想いが強いのではと思っていましたら、なんと、どちらかといえば、父への思慕があふれていたのには嬉しくなりました。

（石田一夫）

桜の木

遠賀郡　豊島幸子（七十一歳）

家の庭に一本の桜の木があります。この桜は主人が知り合いの方に北九州市から岡垣に移転する際、記念に戴いた桜です。三十数年前、小さな一メートルくらいの木でございました。十数年たっても一輪の花も咲きません。

主人がこの桜は花が咲かない、今年咲かなかったら、じゃまだから切ろうと言いました。すると、この言葉を言った年、なんとこの桜がたくさんのつぼみをつけているのです。主人も私も大変驚きました。

「木も生きている。切らんでよかったのー」

この言葉を忘れません。主人も天国で花見をしている事でしょう。それからは毎年、八重の花を咲かせ、私の目をなごませてくれます。

涙とさよなら出来たらいいな

北九州市八幡西区楠橋　**コロのお母さん**（切田鈴美　五十五歳）

三月、また別れの季節がやって来ました。三人の子供たちのうち、最後の末っ子が三月四日、高校を卒業します。卒業式に参列出来る最後になると思います。

今までも随分泣きました。自分の卒業の時も、子供たちの卒業の時も。でも、今回が最後と思うと、もう泣けて泣けてしようがない自分が、今から見えるようです。

子供たちは私が泣くのを知っていて「参列しても他人の顔をして！」と言う程です。

卒業式の後は、上京して大学生活を始める事にしている末っ子は、もうルンルン気分でしょうが、あとに残される私はいったいどうなるのかと、今から泣いている状態です。私の友人も「泣かないでね」と言ってくれますが、私の涙は泉のごとく枯れる事を知りません。

母が亡くなり、その三年後には父も亡くなって随分泣きました。この子と別れて暮らすのが最後に泣く時かと思います。後は泣く材料がないように思うからです。

そろそろ涙も底をつく頃ではないでしょうか。あと二回、卒業式と子供との別れの時、思いっきり泣いたら、涙とサヨナラしたいと思ってます。自信はないけど。

卒業

宗像郡福間町花見が丘　**宗像のデブリン**（椛村光子　三十九歳）

「右のものは、中学校の全課程を修了したことを証する」

娘は無事中学校を卒業することができました。当たり前のことかもしれませんが、娘にとって地域の学校で、地域の子供たちと一緒に学べたことが、とてもうれしくてたまりません。

言葉が遅かった娘は四歳の時に難聴であることがわかりました。

その時のショックは忘れることができません。どんなに話しかけても、娘には聞こえていなかったのです。どうして早く気づいてやれなかったのだろうと、取り返しのつかない時間を親として申し訳ない気持ちでいっぱいでした。

家の中にあるすべての物に名前を書いて貼り付け、少しでも多く話しかけたり、絵日記を書いたり、時には新幹線を理解させるために、小倉まで新幹線に乗りに行ったりといった日々が、まるで昨日のことのように思い出されます。

難聴は、ただ聞こえないだけではなくて、たとえば「すべり台」が「つべり台」と聞こえたりします。そんなわけで複雑な覚え方をしなければならないのです。

そんな娘も、町の手話クラブで習った手話を、今度は興味のある生徒さんたちに教えたり、文化祭でのコーラス発表の時、最後の部分だけをクラス全員で手話で発表したりとキラキラ輝いた中学校生活でした。

これも、今まで出会った多くの先生方やお友達のおかげと感謝の気持ちでいっぱいです。

娘は、四月からは福祉の学校に進みます。山あり谷ありの人生。親として少し離れたところからしっかり見守っていくつもりです。

「お母さんありがとうございました」

福岡市早良区野芥　坂井和子（六十六歳）

それはもう二十年も前になります。娘の高校卒業式、式もつつがなく終わり、各組の教室に入りました。父兄共々六十名位でした。

先生からのお別れの言葉、そして、クラスメイトのそれぞれのメッセージ、娘の番になりました。

彼女はとっても引っ込み思案の子でしたので、果たして皆様の前で発表出来るかと心配していましたら、

「お母さん、ありがとうございました」

と言ってくれました。

その言葉を聞いた途端、私は、横をむいて嗚咽しました。

娘は知っていたんです。彼女が私立の高校に通っていた時、父親が毎年けがで入院生活を送り、三カ月位は仕事を休んでいたことを。

娘が三年生の時は、卒業まで後六カ月位だけど、学校生活を諦めてもらおうかと、救急車の中で一人考えていました。息子は高一でした。

でも、どうにか無事卒業式を迎えられ、晴れの席で「おかあさん、ありがとうございました」と言ってくれたのです。

この言葉で、私のいままでの苦労がすっかり報われた気がしました。なにものにも勝るものでした。

あの日の感動は終生忘れることはないでしょう。

私の卒業式

匿名希望（五十七歳）

　私は、家庭の事情で、中学校を卒業して働くことになりました。でも、どうしても勉強がしたくて仕方がありませんでした。田舎育ちの、物事をよく知らなかった私は、中学時代の先生から、働きながら高校へ行けることを教えてもらって、定時制高校へ通う事にしました。同級生より、二年遅い入学でした。

　四年間頑張り、昭和三十九年の春、三十名足らずのクラスメートと先生の暖かい御指導に恵まれて、卒業した時は二十一歳でした。

　私一人が不幸だと、下を向いて歩いていた自分が、ちっぽけな小さな人間である事を、学校へ通って知りました。

　四年間を無遅刻、無欠席で卒業できた私は、自分がデコボコ人生の道を歩いて本当に良かったと思いました。卒業

式で胸をはって「蛍の光」「仰げば尊し」を涙を一杯流して歌った日が、今も胸に深く刻まれています。

時々、カベに突き当たった時は、学校時代の先生や、友の事を思い出します。我が師の恩を忘れずに……。そして、夜、学んだ学舎、黒板、グランドの明るい照明の下で体育の授業をした事。

私の青春はつらかったけれど、卒業式シーズンになるとなつかしく思い出されます。卒業式は涙々で先生の顔がボヤケて……。

今の学校の卒業式は随分変わったのでしょうね。

六十二歳で人生を卒業した夫に

北九州市若松区深町　天本倫子（六十一歳）

「明日はゴルフ」と言っていた夫が、何日か前から体がだるいので、軽い気持ちで病院に行ったのが、昨年の九月の末でした。「総合病院で検査を」と言われて帰ってきました。明るくスポーツ万能で病気知らずの夫でしたが、検査の結果「即入院」と言われ、生まれて初めての入院となりました。

主治医から「進行性のガンで余命一カ月」と宣告され、私は頭の中が真っ白、目の前が真っ暗。体の力が抜け涙があふれでる。

主治医は優しい先生で「ここで泣きたいだけ泣きなさい。ご主人の前では涙は見せないように」と言われました。

二人の息子が大学に入ってから、夫婦二人の生活が十年以上過ぎ、お互いに健康には気をつけたつもりでしたが、私が平成五年に、肢体不自由の障害となり、夫はよく気を遣ってくれ、優しくしてくれました。

今思えば、もう少し、主人の体のことに気をつければと悔やまれます。余命一カ月のところを頑張って二カ月生き延び、十数年ぶりに親子四人でいろいろ話ができ、今後のことの指示など、親子の時間ができました。

最後は親子四人（嫁もふくめ）で看取ってくれとの希望……。

三十四回目の結婚記念日をまたず、六十二歳の人生を卒業した夫に「ありがとう、ご苦労さま」と言いたいのです。

じゃ、またね

福岡市南区鶴田　**丸山孝子**（四十六歳）

テーマが「さよなら」と聞いた時、亡くしたばかりの父を思い、私は、書けないと思った。書いてもそれは泣き言に終わりそうで……。

しかし、時間がたつにつれ、私にとっての「さよなら」は別れではないと思った。「さよなら」のあとに「またね」が続くのが、私にとっての「さよなら」であることに気づいたのだ。

四十九日も終えて、父の形となるものは墓の中に納めた。しかし、時が過ぎれば過ぎるほど、父の笑顔、言葉、病院で永遠の眠りについた時の顔——白内障の手術をした右目だけが少し開いていて、私がそっと閉じたこと、なにより元気だった頃などが、心の中に押し寄せてくる。

もうぬくもりのある肌も、大きな声も二度と呼び戻すことはできないけれど、私は、さよならは言えないし言いたくない。なぜなら、心の中にいる父は鮮明に生きているのだから、いつでも心の中で語りかけることができるのだから……。

私は、別れ方が下手なのかもしれないけれど、誰かと遊んだあとでも「じゃ、またね」が口癖で、さよならなんて言わない。

いつか父の行った世界に行く時まで「またね」の続かない「さよなら」は言いたくないと思う。

わが家の小さな四季

遠賀郡岡垣町　**昂汰郎の大ママ**（五十六歳）

狭いながらも楽しい我が家……と歌の文句がありますね。私はこの歌詞が好きです。二人の息子も独立し主人と二人になり、自由が欲しいとも思いますし、何か共通の趣味を持たねばと思っています。でも、勤めながら出来ることを見つけるのは、なかなか困難です。そうしているうちに、狭い庭続きの畑でも充分に楽しみを味わう事が出来る事に気付きました。

春には、白一色のスノーボールの花、こでまりの花、引き立て役のアイリスの花が咲きほこり、澄み渡る大空には今年で三年目の鯉のぼりを泳がせ、孫と楽しいひと時を過ごす。赤く熟したサクランボ、これをヒヨドリと格闘しながら味わう面白さ。白い袋のかかった枇杷の木と真っ赤なユリの花が対称的で眩しい。

枇杷の収穫どきの楽しいひと時……。二歳の孫が袋を破って「ウワーこれなーに」と喜ぶあの笑顔……。

紫・ピンク・オレンジ色のグラジオラスが、こちらも振り向いてよ、と私を呼んでいるようです。

「次は私の出番ですよー」と、梅雨明けを待っているヒマワリの花。ほおずき、はつゆき草、けいとう、コスモスと次々に出番を待っているのに感心させられます。

先日、主人と、土、日の休みに畑の草取りに精を出しました。「植えもしないのに勝手に生えないでよー」と、ひとり呟く。二、三日ちぎり忘れたキュウリが私の腕のように太っていました。トマトにピーマン、トーモロコシ、食卓を賑わしてくれて有難う。これからの一番の楽しみはスイカです。「ねーいつ頃食べられる?」と主人を困らせる私。

何も出来ない私ですが、退職したら自分で花を咲かせる事が出来るように努力したいと思っています。

収穫時、そして花を生ける時、何時も心のなかで主人に有難うの挨拶をしています。狭い畑でありながら充分に楽しめる毎日です。

別れ、そして出会い

もとからつ（六十二歳）

この季節を迎えると、駅頭やプラットホームでは、しばしば見送りの光景に出会うことがある。

南国の宮崎はすっかり暖かい花の季節。二年間の単身赴任の勤めを終えて、多くの人たちからねぎらいの言葉をいただき、みんなの手を握りしめ、心からお礼を言って車中の人となった。

宮崎市の中心を流れる大淀川、他の都市ではあまり見ないフェニックスの並木路、その美しい自然のたたずまいは、単身の心と体を充分にいやしてくれた。

地元の福岡に戻れるのだから勿論、心は踊っていたが、二年の間きびしい仕事をこなし、悲喜こもごもの時間を共に過ごした人たちには惜別の念が強かった。

花束や寄せ書きを渡され、車中の飲み物も用意されていて、思いやりの心をいっぱい詰めてもらった。

発車のベルが鳴り、「さよなら、元気でネ」。これでもうお別れと、自分の心に納得させた。

再び戻った福岡の地では再会があり、新しい出会いもあった。

ちょうど日本経済が右肩上がりの、最高のよき時代だったと思う。十年ひと昔も前の光景が今、彷彿と甦ってくる。

暖かい春になり、今日も別れと出会いが、そこかしこで繰り広げられていることだろう。

人の世の一期一会を大切にして、あしたも過ごしていきたいものだ。

さよなら

脂肪肝（三十六歳）

昨年の九月頃だったろうか、会社のデスクでパソコンに向かっていたら、うしろから、かぼそい声で「よお！」と声をかけられた。ふり向くと、つえをついた老人が立っていた。よく見ると、定年退職した元上司だった。昔、かなりシゴかれて、ちょっとつらい思い出のある人なのだが、すっかり老け込んでいた。

「どうされたんですか？」と聞くと、「糖尿病で片足を切断した」とのことだった。

「君も体には気を付けないといけないよ！」

元上司から初めてかけられた優しい言葉だった。

今年一月に、その元上司の訃報をきいた。六十一歳だった。憎いくらい厳しい人だったが、最後に残してくれた言葉、大切にします！

ご冥福をいのります。

天国からのカーネーション

久留米市　田川敏子

八年前の五月、私は悲しみのどん底にいました。待ちに待った赤ちゃんを、七カ月の早産でなくしてしまったばかりだったからです。お腹が張っているのに気づかず、無理をしていたようです。六カ月半ばに大出血を起こして救急車で運ばれました。早産になるのを防ぐために、手術を受け、食事もトイレもベッドの上で寝たままという絶対安静の状態で約二週間……。

一日でも長くお腹の中で育ててあげたかったので、ほとんど食べることもできないような痛みにも耐えてがんばりました。でも、感染症状から熱を出し、このままでは母子とも危なくなるということで、出産することになりました。

八〇〇グラムにも満たない超未熟児の息子。すぐにＮＩＣＵ（新生児集中治療室）に運ばれ、あらゆる手をつくしていただいたにもかかわらず、わずか一日と数時間でこの世を去ってしまったのです。

毎日「おかあさんですよ」と語りかけていた、丸く膨らんでいたお腹はぺちゃんこになって、語りかけることのできる相手はいない。

生きている間に、この手に抱いてあげることができなかった悲しみ、母として子どもを守ってあげることができなかった悔しさ。あの子のそばにいてあげたい、あの子のところに行ってあげたい……。毎日そんなことばかり考えては泣いていました。

母の日、そんな私にカーネーションが届きました。贈ってくれたのは主人です。主人はこう言いました。

「これは天国のあの子から、おかあさんへのカーネーション。あの子は、お母さんが自分のためにがんばってくれていたのを、ちゃーんと分かっていたよ。きっと感謝しているよ」

私を立ち直らせてくれたのは、天国からのカーネーションでした。そして今でも、私はあの子のお母さんでいたいから、明るく元気でがんばっています。

病気から卒業したい

北九州市小倉南区横代　**北九州市の白レン**（蒲生京子）

早いもので結婚して三月二十九日で四十年になります。

農業のかたわら子育て、主人の病気、やがて他界……、自分の入退院、それも二度三度と手術する病気ばかり。

もうそろそろ病気から卒業したいと思い、先日、四十年間書き綴った大学ノート四十六冊を焼いてしまいました。パートタイマーで働き、野良仕事に追われ、あまり楽でも幸せでもなかった過去を振り返らず、前進したいと思って。

でも、野良仕事は死ぬまで卒業できないと思いますけど……。

孫と床屋

北九州市若松区山手町　**孫にゲームボーイを買ってあげたい祖母**（五十九歳）

私の孫は二歳三カ月。散髪が大嫌い。床屋さんのドアを開けて、おじさんの「いらっしゃい」の声で泣き出す。

「おじさんがイヤなのかな」と考えた母親は、おばさんの床屋に連れて行く。「いらっしゃい」。あれ泣かない。「よし、いい調子」と思っていすに座ると、やはり泣き出す。とうとう床屋さんに断わられて帰宅。

翌日、見かねた私が孫の前髪をチョキチョキ。本人は床屋に行かなくてすむと思ったのか喜んでいました。しかし、母親はショックのようで「散髪に行かんとおばあちゃんがチョキチョキするよ」と言って床屋に連れて行きました。

あれ不思議。今日は自分でドアを開けて「きれきれ（きれいきれい）してください」と言って泣かずに最後まで散髪したそうです。

私の散髪がイヤだったのかなあ。でも、きれいに散髪できてよかったね。

お昼寝

北九州市門司区旧門司　**ともきは二才七カ月**（樋口和代　三十六歳）

我家のともちゃんは、お昼寝が大好き。

お昼ごはんがすむと、一人でトコトコと二階に上っていき、ビデオを見ながら眠ってしまうこともある。ごはんを食べながら眠ってしまうこともある。でも、今日は、思わぬ所で眠ってしまった。

食事のあと、「うんち」といって、トイレにかけこんだ。トイレのしまつも一人で出来るようになったので、私がついていくのを嫌う。私は食事の後片付けをしていた。片付け終わって、「あっそうだ。ともちゃんがトイレに。……ずい分長いねぇ」と思って、トイレをのぞくと、便座の上ですやすやと眠っている。

ビックリして抱っこすると、「ともちゃんまだおしりふいてない」といって、すやすやとまた眠ってしまった。うんちしてたのわかっていたのかなぁ。

父へ、母へ

母との会話

福岡市西区上山門　かずみママ（新谷かずみ　五十五歳）

髪染めのクリームが衿や洋服につかぬよう注意し、美容師さんよろしく、黒いエプロンをして髪染めスタート。母の髪が少しづつ色を変えていく。二十分もあれば終了です。入浴後「あーすっきりした。頭が軽くなったみたい」と喜んであがってきました。「髪染め、お風呂、晩酌、夕食がついてるパーマ屋さんはここしかないよ」と言うと、

「お茶碗洗い、洗濯、干しものなどしてくれるお客さんもいないよ」

と負けずに言い返します。昨日は廊下においていたボールを「だんご三兄弟」の曲にあわせて「だんご、だんご」とけって遊んでいました。

母、九十一歳、元気です。

母を想う

福岡市西区野方　**大川内藤秋**（七十一歳）

母は明治三十七年、鹿児島県大隅半島の片田舎に生まれ、祖父の事業の失敗で少女時代は女中奉公などして相当苦労したようだ。

十八歳で父と結婚。五男五女をもうけ、小生は三番目で次男坊。末の妹が生まれたのは母四十四歳、小生二十歳の時である。

厳格で心優しく、そして働き者。子供の生まれる直前まで畑仕事。出産後も寝ている姿を見た事はなかった。夜明けと共に畑へ出て農作業と牛馬の飼育、夕食後は小遣い稼ぎに炭俵作り。雨の日は麻糸をつむいで機織り。食事も膳の前に座ることは少なく、土間に立つか板張りに

腰かけてすませていた。

人間、良い時ばかりはない、落ちる事もあるからと、人前で家庭や子供の自慢話は絶対しない人だった。父に文句を言われても口答えひとつせず、寝る前に湯呑み一杯の焼酎をぐい飲みするのを楽しみにしていたようだ。

その母に育てられた十人の兄弟は、みんな働き者で一人として落伍することもなく、人生を全うできそうである。

八十二歳で他界したが、母の面影はいつまでも心の中に生き続けている。小生七十一歳の生涯で母のような心の美人に出逢ったことはまだない。

天国の母よありがとう。

母のワンピース

北九州市　**田の中稲子**

老人施設にいる母は、今年の七月八日で八十一歳になりました。車椅子での生活ですから、母の服は着やすく、脱ぎやすい丈夫なものを選びます。上はセーターやブラウス、下はスパッツやウエストにゴムが入ったパンツです。

ところが、今月二十四日が七月生まれの人の誕生会。その日に着る服が気になっています。数年前に着て実家においているワンピースを着たいと言います。あの服は古くてダメだと言うと残念がっていました。

先日、私は次女とデパートへ行き、すずしそうな生地の紺色のステキなワンピースを見つけ、今日、母へのプレゼントに持って行きました。母はとても喜んでくれました。誕生会に着るのを楽しみにしています。そんな母の姿を見ながら、ふと私は思い出した事がありました。

小学校の父兄会や行事にジーパンやパンツをはいて出席していた私に、次女が「お母さんはスカートを持っていないの。学校に来る時はスカートで来てよ」と口をとがらせて抗議しました。

そして今、思わず母の顔を見て笑ってしまいました。次女は小さくても女性、母は、たとえ八十歳を過ぎても女性でした。

「あっ、ごめんなさい、お母さん」

私が突然笑ったもので、母はキョトンとして、もう一度「ありがとう」と言いました。

母のチョコレート

大村市古賀島町　矢野かなえ（三十歳）

私の母は食べ物屋をしながら娘三人を育ててきました。研究熱心だった母は、いろんなメニューを試行錯誤し、姑の代よりも店を繁盛させました。もちろん、今でもがんばっています。そのせいか、結婚当時は「博多人形」のようだと評判だった母も、一人出産するごとに貫禄を増し、その面影はうっすらと残っているほどになりました。

子供の頃、仕事場の引き出しをあけると、入っていたのはいつものチョコレート……。母のポケットをこっそりさぐるとチョコレート。

私も今、三人の子育てに追われていますが、チョコレートの効果、味わっています。忙しくがんばった後、イライラした時、こっそり隠してあった一粒を口に入れるとホッと一息。また新たな気持ちで家族に接することが出来るのです。

母もそのような気持ちであったのかは、聞いた事はありませんが、最近の母のそばには、アラレや昆布あめ。二十年後の私のそばにもあるのかなあと思っています。

母の言葉

佐賀県多久市南多久　田中　郁（六十八歳）

母がお浄土へと旅だったのは昨年の七月。たとえ九十一歳という高齢であったとはいえ、親を亡くすのは寂しいものです。

明治生まれで律儀だった母は、すごく躾が厳しかった。五歳で母親を亡くし、戦後の引揚げ、そしてナイナイづくしの生活。人の情けの中で生きてきた母は、情が人一倍だった。「人の世で情を忘れてしまったら、乾燥した人間になってしまう」「どんなに腹が立っても顔に出さないの！」の言葉が口ぐせだった。

この二つの大切な言葉は、いかに時代が変わろうとも、子や孫に残してやりたいと思っている私である。

母は遠方に住む孫二人、曾孫《ひまご》四人が見舞いに訪れると「ありがとう、ありがとうよ」と言っていた。こうしてペンを走らせている今も、その声が私の耳に聞こえてくるようです。

気がつけば二十五年

匿名希望

結婚生活二十五年になります。サラリーマンの主人と結婚したつもりが、途中自営業へと転職、それも私に相談もなくて、勝手に退職していました。

「もう別れてやる！」と何度心の中で叫んだことか。子供たちのために、がまんがまんと思っているうちに、二十五年の歳月が流れていました。その間、ハラハラしたであろう母が他界し、ほとんど手のかからなかった子供たち二人も、気がつけば彼女を連れてくる年齢へと成長しておりました。

三年前に長男、昨年は次男がそれぞれ結婚し、今では二人の孫のおじいちゃん、おばあちゃんと、光陰矢のごとしです。

これからは二人の人生。私は主人のために、主人は私のためにお互いに仲良くいたわり合い頑張りたいと思います。

拝啓、一筆啓上申し上げます

北九州市門司区上藤松　西山　巧（四十四歳）

私の父は親分肌でした。その父も七年前に六十九歳で生涯を閉じました。父は西鉄に勤めていました。定年後一年もしないうち、心筋梗塞と脳卒中で突然あの世とやらへ旅立っていきました。

子供の頃、父はただただ怖い父ちゃんでした。大きく見えた父も病気には勝てませんでした。医者嫌いで薬嫌いで、人へ迷惑をかける事の大嫌いな父。

仕事一筋でやっと勤めあげて、一息ついて安心した途端、手の届かない天国へ行った父へ「お疲れ様」と言いたかった。

私は学生時代に事件を起こして、身元を引き受けに父がきました。「母ちゃんには黙っとけよ」。その一言が今でも忘れられません。

怖いけど優しかった父へ一言だけ文句を言いたい。

「父ちゃん、一回でいいから夢に出てきてくれ。亡くなって以来、一度も夢に出てきてないやろ、たまには夢で会いたいよ！」

追伸、父ちゃん、お袋は元気です。高いところから見守ってください。まだ連れて行かないでよ。

俺、なんか涙が出てきそうになって来たので、この辺で……バイバイ。

父の思い出

福岡市西区今宿　ツシマヤマネコ（中村弘子　五十六歳）

父がこの世を去って早くも十七年になります。明治生まれ、仕事が関係したかもしれませんが厳しく、まがった事が嫌いな父でした。

我家は西鉄大牟田線二日市駅まで徒歩二十分の距離にありました。ある日、仕事帰り私が乗っている急行電車に父が乗って来ました。満員でしたから電車の中では離ればなれです。父は気がついていませんでした。二日市駅に下車、近づいて行き、後から父に声をかけました。

外はすでに真っ暗です。父と一緒に歩き始めました。しばらくして私は父の腕に自分の腕を組みました。

父は「恋人みたいだなあー、早くいい相手をみつけれヨ」と一言。夜道を二人で仲良く家まで帰りました。

これが私と父との思い出です。

父

糟屋郡篠栗町　**パンジー**（五十四歳）

私の父は十歳で父親と死別。独力で東京のT大学を卒業。戦後の厳しい生活の中で、給料日には必ず本を一冊お土産にして帰って来た。夏目漱石の小説やフォード、ライト兄弟、酒井田柿右衛門といった人物伝など。

何よりも家族を大切にし、夏休みは海へ連れて行ってくれた。水泳とボートのオールさばきは自慢だった。厳格でやさしく、努力する事を身をもって教えてくれた。

亡くなる前、一年間の闘病生活。介護の時、肩と大腿部の数カ所に傷があった。銃弾が貫通した痕だと初めて知った。シベリヤでの抑留生活。私たち家族の引揚げより二年遅れの帰国。先立った母と仏様になって、仲良くしていることと思う。

スイカが大好きだった父

福岡市西区今宿駅前　スイカが大好きな子ども

昭和十九年生まれの私、四歳の時、父は亡くなりました。結核でした（あの時代は絶対によくならない病気だったそうですね）。母はお嬢様育ちで苦労を知らなかった人でした。三十一歳で四人の子どもを育てることになりました。

昭和二十三年七月、夏の暑い日、四歳の私、そして一歳の弟を背中に、姉、兄の四人の子どもは母に連れられて、警固から屋形原の父が入院している病院まで行きました。

母がスイカを持っていたのをかすかに覚えています。

何もない部屋にベッドが一つ、父が寝ていました。

「よく来たね！」とひと言。

母は、これが父の最後になると思って、私たちを連れて行ったのでしょう。部屋の中に入って、父と会っていたのは少しの時間だけでした。あとは外で待っていました。

今でも、その時の状況が目に浮かびます。

「お父さんは、何も残してくれなかったけど、四人の子どもだけを残してくれたね」と母は言います。

夏、スイカを見るたびに父のことが思いだされます。昭和二十三年七月二十三日に亡くなった父はスイカが大好きだったという。母もスイカが大好きです。

酒飲みだったオヤジに

福岡市東区原田　ピアノマン

八年前に他界したオヤジは酒飲みでした。
ふだんは無口なくせに、酒が入るとだらしなく歌を唄ったりして……。
子ビもの頃、そんなオヤジを見て「大人になっても酒は飲まん」と思っていましたが、
今では立派な（?）酒飲みになりました。
最近、くしゃみの仕方がオヤジに似てきたような気がします。
とうちゃん、天国で飲みすぎんなよ。

おかげさまで

中津市永添　古田ほなみ（三十九歳）

もう七十歳近い父ですが、病気などした事もなく、とっても元気にすごしています。いつ遊びに行っても笑顔で迎えてくれ、「よく来たな」と言ってくれます。なんでこんなに元気なんだろう？　と考えてみた時、父は何事かあると必ず「おかげさまで」と言う言葉を口にするのです。いつもいつもちょっとした事でも「おまえたちのおかげでな」とか「おかあさんのおかげでな」が口ぐせです。この感謝の気持ちこそが、お父さんをとっても元気にしてくれているのではないでしょうか？

こんな父を私はとっても尊敬しています。これからも母と二人、いつまでもいつまでも元気でいてほしいと心から願っています。

お日さま体操（第一体操）

キオツケの姿勢から足を肩幅に開き、手を組んでバンザイ。カカトはつけたまま、おなかを引っ込め、背筋を伸ばし身長を二、三センチ伸ばす感じ。

1

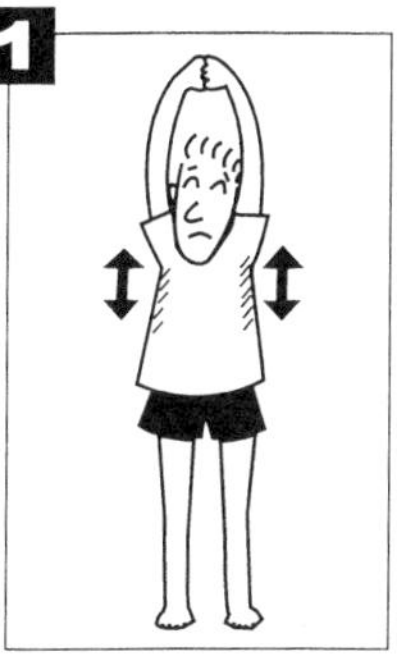

両肩を上げ五秒間保持し、その後一気にリラックス。

2

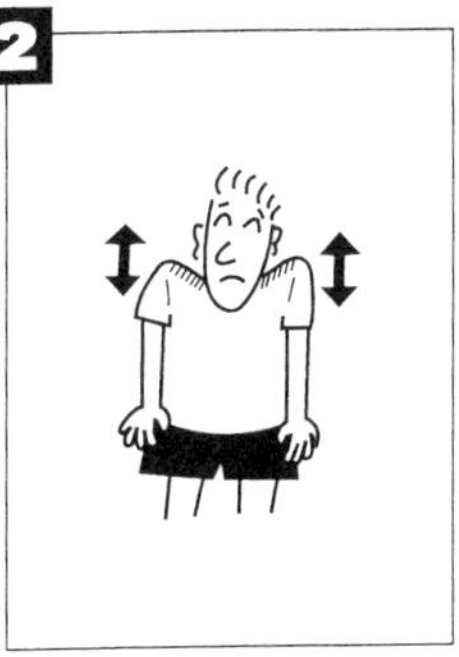

左脚を踏み出し、後脚のつま先が外側を向かないようにまっすぐにし、カカトをつける。前脚の膝を前に曲げる。両手を膝に添え、前脚をやや内股にすると身体が安定する。ふくらはぎ・アキレス腱がぴーんと張った感じを保つ（左も同じ）。

3

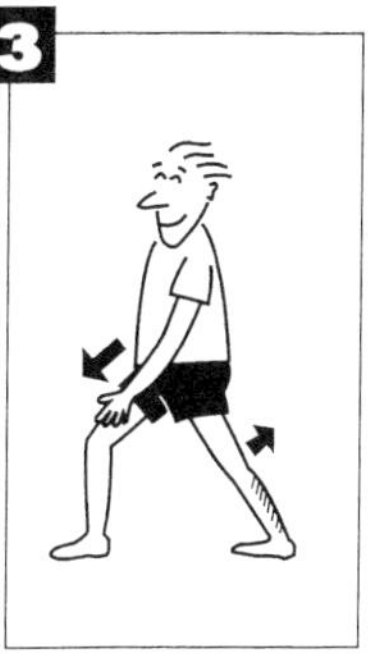

足を肩幅に開いて前屈。できる範囲で両手を膝のうら、ふくらはぎ、カカト、床まで前屈する。

4

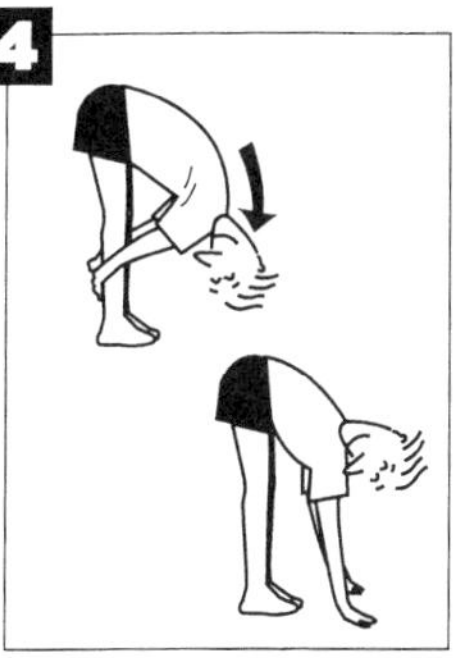

両腕を横に開き左手を右膝できれば足首間で曲げる（左も同じ）。

5

1と同じ。二回行なう1から6の最終ポーズを二〇秒程度続ける。

6

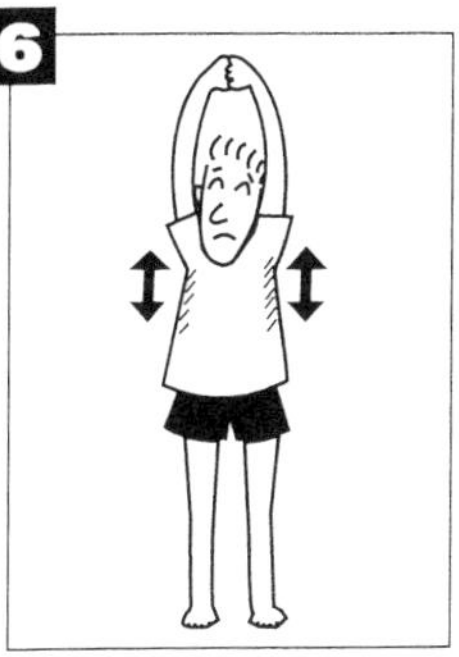

第二体操

体の横側をのばす運動

両腕を頭の上に伸ばし、左手で右手首をつかみます。左へゆっくり引っ張りましょう。ヒジは伸ばしたままで、腕、体が気持ちいいと感じられるところまで引っ張りましょう。体が前かがみにならないようにしましょう。次は反対側を行ないます。右手で左手をつかみ右へ引っ張りましょう。

1

胸を開く運動

手を前で組み、胸を大きく開きましょう。肩を後でくっつけるような気持ちで、肩甲骨の内側をできるだけ寄せる。

2

背中（の筋肉）を伸ばす運動

両手を前で組みゆっくり前方へ押し出しましょう。ヒジを軽く曲げへそを見るような気持ちで行ないます。

2'

首を伸ばす運動

左手を頭の上に置き、左斜め前にゆっくりと引きましょう。首筋から肩が少し引っ張る感じです。体は曲げないでまっすぐの姿勢で行ないます。

3

首をまわす運動

首を前に倒し、左からゆっくり一周させます。

3'

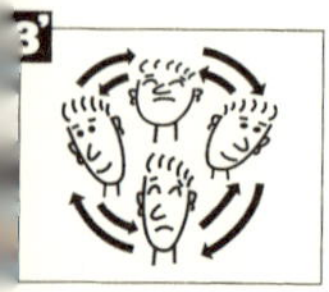

体をひねる運動

両腕を前に出し、左後ろへゆっくりとひねりましょう。顔も腕も指先が見えるまで廻します。

4

胸太ももを伸ばす運動

左手で左足首を持ち、カカトをお尻までピタッとつけます。ふらつく方は壁か椅子につかまりましょう。右手で右足首、なにもつかまらないでできれば最高です。太もも前が少しつっぱる感じ。

5

夏

我が家ではその日、うだるような暑い部屋で、ラジオを前にして、父、母、姉、それに近所の方も来て玉音放送を聴いていました。

私（国民学校三年生）といえば「ガアガア、ジィジィ」という雑音にむずかしい言葉で、内容を理解することができず外に出ました。

静かなどこまでも青い空、蝉時雨……その風景が、いまだに目に耳に残っています。

お便りは八月十五日を中心にしたものが多く、中国からの引揚げの話には胸を打たれました。

大刀洗大空襲は、偶然にも五年前、甘木小学校での三十四人の爆死をテーマにラジオドラマを制作したこともあって、改めて戦争の悲惨さ、平和の尊さを実感させていただきました。

（石田一夫）

八月十五日に思う

学徒動員と太刀洗大空襲

福岡市東区みどりが丘　椿　早苗（七十一歳）

当時、大東亜戦争と呼ばれていた第二次世界大戦も、昭和十九年（一九四四年）になると次第に戦況も厳しくなり、空襲も日増しに激しくなっていきました。

私は、女学校三年生に進級はしたものの、落ち着いて勉強のできる状態ではありませんでした。

農繁期には、出征兵士の留守宅に田植えの手伝いに、また稲の刈り入れに、時には炭焼小屋まで険しい山道を登り、炭を背負い汗だくで運んだことも度々でした。学校の隅に防空壕を掘ったり、菜園作りをしたりして「銃後」の守りに一生懸命でした。そしてその合間には、竹槍とか薙刀《なぎなた》の練習など、最悪の時に備えての厳しい訓練が続き、ただ夢中で頑張りました。

それから間もなく、学徒動員の命が下り、太刀洗製作所（飛行機の部品を作る工場）に出勤することになったのです。私は、当時十四歳でした。

学校から遠い者は寮生活になり、裁縫室に泊まり込みました。五、六名のグループに分かれ、各部所で働くことになりました。

夕飯は高粱飯《こうりやんめし》で米が少し入っているくらいで、おかずは大根の煮付や佃煮《つくだに》、そして葱の味噌煮など、今も忘れることはできません。夜は空襲に悩まされ、明るい夜など数える程で、防空頭巾と救急袋は必ず備えてやすんでいました。

昭和二十年三月も終わりに近づきましたが、春休みもなく働き、そして三月二十七日、忘れもしない大刀洗の大空襲です。

その日もいつものように工場に出かけておりました。昼食をすませて外に出た瞬間、誰かが大声でさけびました。

「あ、B29だ」

二機、三機と編隊を組んで、上空を低く飛んで行ったかと思う間もなく場内が一変し、サイレンがけたたましく鳴り響き、大変な騒ぎとなったのです。

バンバン、ドンドンと煙と共に立ちのぼる炎、もう後を振りかえる余裕などありませんでした。気が付いてみると、工場の前の長い壕の奥に、友達四名と抱き合って震えていたのです。

その時、男の声で「そこは危ないぞ、出ろ」。私達は力の限り飛び出し、全力で遠くへと避難したのです。田圃の中を夢中で走り、溝の中に伏せ、また起きては走り、走っては伏せ、一生懸命でした。それ以外のことは記憶にないのです。

後で聞いた話では、百部隊（太刀洗航空隊）はほとんどが全滅し、多くの方々が焼け死ぬという無惨な状況だったそうです。

その後、私達もしばらく家庭待機となり、命令を待つことになりましたが、間もなく製作所も各地に分散し作業が開始されたのです。

勝利のみを信じて国家一丸となって戦ってきた日々。思えば残酷で悲惨な戦争でした。沖縄も敵軍に渡り、広島、長崎と原爆を受け、とうとう終戦を迎えたのです。

二学期から（四年生）学び舎に集い、学業に励むことになりました。小学校以来ずっと戦争で学窓生活のなかった時代、貴重な体験の歴史を忘れることなく、未来のために生かさなければならないと思います。

尊い命が奪われ、おびただしい人たちの霊の上に、この平和がなりたっていることを心にきざみ、どうかこの平和でよき時代がいつまでも続いていくことを念じてやみません。一人ひとりの命の大切さをよく理解して、強く生きていってほしいと思います。

私を助けてくれたお姉さん

下関市稗田北町　谷山　昇（六十三歳）

昭和二十年の春、私は国民学校の二年生。遠い昔の幼い思い出ですが、今でも鮮烈に憶えていることがあります。

私の住む山口県の片田舎にもＢ29の爆音が響きわたりました。あわてて学校から帰路につく道、突然すぐ近くで爆音がしました。私の前を歩いていた中学生のお姉さんが私を抱きかかえ、道の脇の溝に飛び込みかばってくれた。幸いＢ29は飛び去り無事でした。

戦時中、人は皆が助け合う心を持ち合わせていました。平和な今、他人には無関心、助け合いの心はどこに行ったのでしょうか。平和ゆえに失われた人間の姿、悲しいことです。

夏がくれば

ばってん出島（六十八歳）

十年有余、雨、雪が降ろうが毎月一日は、宗像の鎮国寺へ参拝する。過ぎた月のお礼と新たな月へのお祈りだ。しかし、八月に限り、早朝五時に愛車で発つ。

寺院は静まり返り、涼風が心地よい。広い庭を掃く僧侶に一礼して大広間の仏壇に正座し、般若心経を唱える。長崎の原爆で逝った親友二人の慰霊供養でもある。

三人は何時も一緒だった。原爆投下から二日後、ジャガイモと南瓜《かぼちゃ》を分けてもらい、ゆでて三人で貪った。味もないのにガツガツ食った。

翌日の夜、親友一人が死んだ。一週間後、宮崎に帰っていたもう一人の友が亡くなったと知らせが来た。共に十五歳だった。バラックの土間を叩いて泣いた。「俺も死ぬ」。私はそう思った。強い残留放射能を受けていたのだろう。だが、私は生き延びた。

毎年、夏がくれば当時が鮮烈に甦る。仏間に上げた蝋燭の火がゆらりと揺れ「おお、きてくれたか」と聞こえた。春からいっそ秋がくればと、ふと思った。

私の八月十五日

小野田市有帆　**大村百合子**（七十一歳）

昭和二十年八月十五日、早朝よりソ連軍による空襲が始まりました。

当時、私は旧満州（現・中国東北部）の駅で電話手として働いていました。その日、駅の構内には何本かの避難列車が停車していました。

午前中は偵察に来ていたのでしょうか、ソ連軍は爆音を轟かせ、近づいたり遠のいたりしていました。私たちもその様子を憲兵さんのそばで一緒にじっと見つめていました。その時は、まだ危ないとは思っていませんでした。

この日はいつもと違い、二人で一時間交

替の勤務でした。私は先輩と二人で午後一時からの勤務の為、駅舎の三階にある職場へ上がって行きました。と同時にまた爆音です。

窓は秘密がもれないようにレンガとコンクリートでしっかり塗り潰され、一つだけ避難用の窓が開いていていました。爆音があまり近いので、何気なく窓を見ました。すると敵機の兵士の顔がちらっと見えたのです。もう駄目だと思いました。

本部からは早く避難するよう度々電話がありましたが、「電話はなくてはならない大切な連絡網である。みんなにはすまないが、職場と共に死んでくれ」と毎朝上司から言われていました。ですから「やれるところまでやろう」と二人で頑張っていました。しかし、とうとう構内に爆弾が投下されました。その爆風でレンガとコンクリートが吹っ飛び、顔に生温かい風がふわっとかかりました。もうこれまでと、二人で機械室に飛び込みました。「死ぬ時は一緒に死のうね」と肩を寄せ合い、爆音の遠ざかるのをじっと待ちました。

先輩十九歳、私十七歳。八月十五日午後一時十七分。忘れることの出来ない一日でした。

八月十五日の月見草

匿名希望（八十歳）

私の長い人生で一番心に残っている日は、やはり八月十五日、終戦の日の事です。
あの朝は敵機B29の音もしないし、警報の声もなく、不気味なくらい静かな朝でした。すると、突然爆音がして、飛行機からバラバラと紙片が落とされてきました。裏庭に五、六枚落ちたのには、「日本は負けた。降参しなさい」と書いてあり、隅の方にスズメの絵が書いてありました。拾い集めていると、細菌がついているから焼き捨てるようにと言われました。

まさかそんな事がある筈がないと思っていたその矢先、ラジオで陛下の玉音放送がありました。はっきりとは、お言葉はわかりませんでしたが、確かに負けた事は事実でした。私は、何も手につかず放心状態でした。

この時、「アメリカ兵が港から上がって来ている。男は殺され、女は連れていかれるから、早くどこかに逃げろ」と伝達がありました。主人は会社で連絡はとれず、まだ五カ月の長男をおんぶして、コーリャンのご飯をおにぎりにし、近所の方と逃げ出しました。故郷は田舎だから大丈夫だろうと思い、故郷に行こうと線路の上を駅を目指して走りました。万一、つかまったらどうしようと、それぱかり考えて走りました。

途中で警防団の方から「デマだったから家に帰るように」と言われて、嬉しいやら腹立たしいやら、複雑な気持ちでした。

私は線路の横に座り込んでしまいました。すると、今まで気にもとめなかった線路の横の草むらに、まだ少し露をふくんだ月見草や野菊が咲いていました。とたんに「あー助かった」としみじみ思いました。

今でもあの時の事を思うと、戦争の怖さを語りつぎたいと思う心と、忘れ去りたいと思う心に悩まされます。

今の子供たちは、何も知らず静かに咲いていた野の花のように、健やかに育っていってもらいたいと思っています。

逃避行

糟屋郡篠栗町　松井公子（五十四歳）

当時四歳だった私には記憶はないが、もの心ついたころ、母がいくどとなく話を聞かせてくれた体験である。

中国（当時は満州）からの引揚船の船上、母三十二歳、兄九歳、私四歳。ボーという追悼の音と共に、また、ひとり海に遺体が捨てられる。極度の恐れと疲労と栄養失調で亡くなったのだ。やっと乗船できて日本に帰れるというのに、どんなにかつらかっただろう。

当時、三十軒程の中国人達の中に、一軒だけの日本人家族として生活していた。ソ連軍の侵攻、父はすでに連行されシベリアで抑留。機関銃を持ったソ連兵が踏み込んできた。母は私たちをしっかり抱いて観念した。隣近所の中国人たちは日本人と気づかれないように品物を隠し、兄に「お父さんは中国人だと言え」と教えて助けてくれた。

母はありったけの小麦粉でビスケットを焼き、髪の毛はバッサリ切って丸坊主、貴重な

写真二十枚と身のまわりの物を入れ、兄は大きなリュックを背負って三日三晩の逃避行。大陸の夏は燃えるように暑く、途中はぐれたり、亡くなったり。赤土の山道では私が「歩かん」と言って大変困らせたそうだ。

母と兄が必死で頑張ってくれたので今の私は存在している。

皆さんは「大地の子」をご覧になりましたか。五十三年前の出来事なのですよ。涙が出て止まりませんでした。

戦争による数百万人のかけがえのない犠牲者、沖縄、広島、長崎、まだまだいっぱい生きたくても生きられなかった人たちの尊い命が消えていったのです。

世界では核実験が強行され、争いは絶えず、生活は豊かになり何不自由ない生活の中で繰り返される不祥事。生きている事の尊さ、平和のありがたさ、感謝の心を持ち続けたい。そして、これ以上自然や人が壊されないように切に願っております。

追伸

戦争の便りはなかなか書くのに勇気がいりました。文に表現することがまだまだあるのですが、ラジオを通しての放送は、はたして皆さんに理解できるだろうかと思ったのです。一部分のみで、思うように書けてないかもしれませんがお許しください。両親はすでに仏様になっております。連れて帰ってくれた兄、一度脳梗塞で倒れましたが、現在は何とか元気に過しております。

兄にハルビンに行ってみないと誘ったのですが、あんな生地獄の所には行かんと言います。当時は九歳だった記憶は頭にやきついているのでしょう。便りを書きながら涙が出て困ってしまいました。

宇野さん、日の出を観るのはいろんな想いがあるのです。一日一日を大切に生きていきたいと思っています。

父と戦争

春日市紅葉ヶ丘　**渋谷慎二**（三十六歳）

父は、徴兵で満州に渡り四年間をかの地で過ごしました。工業学校出身だったために、暗号兵として勤務していました。

日本が無条件降伏したとの情報が入ると、父のいた連隊は日本に帰ることになりました。しかし、父はもう一人の暗号兵とともに、連隊長からしばらく居残るよう命ぜられました。情報が混乱していて、暗号機器などの後始末をどうするのかの命令が連隊に届いていなかったからです。

しかし、その実態は「置いてきぼり」だったようです。

一月遅れで父たちも帰国が許され、日本に帰って来ましたが、先に帰国の途についたはずの本隊は、途中ソ連軍に捕えられ、実に四年間もシベリアに抑留されたのでした。

しかも、その半数までがシベリアの土と化したそうです。まったく、人間の運命とは分からないものです。

父はそんなわけで無事帰国でき、やがて母と結婚したのですが、母の場合はさらに悲惨で、戦争にいった五人の兄のうち三人までが戦死したのでした。

父も母も「戦争は絶対反対だ！」と言っています。人間を無駄に死なせるからです。

日本の今の平和を、私たちは永遠に続けなければならないと思います。

戦友の死

鹿島市音成　**北村栄一**（七十八歳）

私は戦争の生き残りです。昭和十九年夏、旧北支湖南作戦に私たちの中隊も参加し、夜間戦闘に入った時です。「戦友がやられた」というので抱き起こして見ると、右の目の玉が飛び出して頬にぶら下がっているのです。それを見た時、私は身ぶるいしました。戦争というものは相手を殺らないと自分が殺られる。戦争の悲惨さ、残酷さはここにあるのだと思いました。

また、勝つ為には手段を選ばぬのが戦争だという事も知り、そして、負け戦ほどきつくて辛いものはない事も経験しました。その当時、内地では防空頭巾片手の大晦日、戦地では銃を片手の正月でした。

あれから五十数年、現在の日本は静かで平和な国になりました。この平和な国でラジオ番組を楽しく聞ける幸せをかみしめております。しかし、平和に馴れ過ぎて、余りにも悪質な犯罪の多いのには怒りを覚えます。全国民がもっと道徳心を養ってほしいものです。

汽笛が嫌い

古賀市千鳥　**岡崎要子**（五十九歳）

戦後五十三年になりますが、未だにあの戦争の怖さは忘れません。私は今年五十九歳ですが、戦争を体験したのは満州にいた時でした。

当時、毎日防空頭巾をかぶり、幼稚園に通っていました。B29の戦闘機が来ると、先生の合図で近くの防空壕に入り、過ぎ去ると急いで自宅に帰るのです。

友達と二人で走って帰る途中、また、B29が私達の上を通る。その時、機関銃の弾が空から降ってきたのです。飛行機が通り過ぎたので、道に伏せていた友達を見ると、背中に玉が貫通して血だらけでした。私との間が一メートル位しかなかったのに……。

私は大声で泣きながら家に帰りました。それから戦争がますますひどくなり、自宅の裏の防

空壕には負傷し、血だらけの兵隊さんが何人も助けを求めて入ってきました。

それからまもなく引揚げの命令で多勢の人がトラックに乗ったのですが、その時も何度となくＢ29が空から襲い、トラックの下に隠れたりしました。途中、兵隊さんがたくさん死んで、死骸が山積みされていました。

やっとの思いで引揚船に乗り、これで日本に帰れると母が言っていました。食事は毎日、粟のおかゆばかりで、皆、腹をこわし、下痢の連続、やせ細り、多くの赤ちゃんはお母さんの母乳が出ないので死にました。

赤ちゃん、子供、そして大人も、死んだら船の汽笛を鳴らして、死んだ人を船の甲板から海へ捨てるのです。

私は未だに船の汽笛が大嫌いです。当時を思い出し体が震えます。今でも戦争当時の辛らさ、怖さ、ひもじさを忘れることができません。六歳の時のことですが、戦後五十三年過ぎても忘れることはできません。

大津島で出会った遺影

遠賀郡水巻町古賀　**井口才男**（六十八歳）

一度は行きたいと思っていた、徳島市の大津島へ先月行って来ました。ここには先の大戦時、回天魚雷潜水艇の基地があった所です。この基地から若干二十歳前後の若人たちが、祖国の為に潜水艇と共に散った悲しい記念館があります。

入口で参拝者記帳を書いていると、「海ゆかば草むす屍」の旋律が流れてきました。壁には所狭しと遺影が飾られ、ガラス張りの中には数多くの遺書が並べられています。遺書には父母への思慕あふれる文面がほとんどです。流れるメロディーと遺影……。私たち夫婦は頬を流れ落ちる涙を拭うことすらできず唯、茫然としました。この方々のお陰で今の平和があるのです。帰りのフェリーから島を振り向くと、旧海軍旗が海風に揺れながら、また来てくれよと言っているようでした。

良かったら、一度参拝されてみてはいかがでしょう。今の殺伐とした社会を、ほんの少しですが忘れられ、何かを得る心境になる記念館です。

戦争が終わった日

北九州市八幡西区　**匿名希望**（六十一歳）

八月の熱い日が来ると、私は必ず想い出します。あの終戦の日を。

来年は小学校一年生になるというのに、家はもちろん、あたり一面焼け野原。

私たち家族は他人の家の土間を借り、寝かせてもらっていました。

「戦争が終わったんだって」

その声に私は急いで家の前の大通りに出ました。

太陽はキラキラとアスファルトを照らしつけていました。

「わー戦争が終わったんだ」

子供心になぜか胸の中が温かくなった事を、今でも覚えています。

毎年、八月の暑い日が来ると、ハッキリと想い出す一日です。

夏がくれば思い出す

私の少年時代

北九州市小倉南区湯川新町　**ヤマボウシ**（永岡正行　五十四歳）

私の育った田舎は入江に面した、すぐ海の近くにあります。その頃の男の子といえば、近くの海で一日中遊ぶのが日課でした。今みたいにゲームもなければ、お菓子だってあまり手に入らぬ時代です。

私たち悪ガキ四人組は、泳ぎにあきて次は魚を釣りに行くことにしました。小学校の六年生ともなると、小舟の櫓を漕ぐことなどごく普通の当然のことでしたので、仲間の家の小舟を持ち出し、いつものポイントで魚釣りです。

その頃、海はまだまだきれいで、キス、アラカブなどおもしろいように釣れたのを覚えています。そのうち、仲間の一人が喉が渇いたと言いだしたので、浜辺の近くの畑のスイカをとってきて食べようということになりました。

畑に行くと大きなスイカがゴロゴロしています。四人でよく吟味して小舟に持ち帰り、

「大成功」と言いながら食べました。

スイカは塩をちょっとふりかけると、甘みが増しておいしいですよね。私たち四人組もきれいな海のお陰で、切ったスイカを海水につけては塩味をきかして食べ、おいしかったことをよく覚えています。

その頃の私は近所で時々、外国航路の船員が、例のマドロス姿の制服で帰ってくるのを見て、子供心にそれはそれは非常にあこがれました。大きくなったら、絶対船員さんになるんだと夢を見ていた少年時代でした。

高校野球

京都郡苅田町　**小田小夜子**（六十五歳）

今年も高校野球の季節になりました。

三十年以上も前の事です。長男が十歳の夏休みです。高校野球が始まると、テレビを見る事で一日が始まります。

その年、福岡県代表の三池工業高校が勝ち進んでいました。初めは気にも留めずに見ていましたが、準々決勝まで進むうちに「ひょっとしたら」と笑顔で長男と顔を見合わせていました。

野球のルールもよく知らない私に、十歳の長男が解説者です。

第四十七回（昭和四十年）、三池工業高校は優勝の栄誉に輝きました。感動の涙を流しながら惜しみない拍手を送りました。今でも楽しい思い出となっています。

一人で行ったおばあちゃんの家

筑紫野市古賀　**長谷部芙美子**（五十七歳）

小学生だった頃、夏休みになると、私は田舎のおばあちゃんの家に泊まりに行くのが好きで、電車やバスを乗り継ぎ、一人でよく行ったものです。

「一人でよく来たね」と言って迎えてくれました。裏の畑に西瓜《すいか》や瓜を採りに行き、井戸水で冷やして縁台に座って食べたのを思い出します。近くの小川におばあちゃんが洗濯に行くのについて行き、水底の砂がすき透って見えるきれいな流れに足を入れると、とても冷たく、おばあちゃんの横に並んでお手伝いをしたものです。

近所の子供たちと広い裏庭でかくれんぼをしたり、宝満川に泳ぎにも行きました。川まで子供の足で二十分位かかるので、道路が焼けていて素足で歩くのに足の裏が熱かったのを思い出します。

昔は川もきれいで貝を採ったり、少し高い土手から飛び込んだり、周りは子供たちの歓喜の声でいっぱいでした。田舎なので近くに店はなく、一日に一回、昼頃に自転車でアイスキャンデーを売りに来るおじさんが待ちどおしくて、外に出て待っているのも楽しみの一つでした。

もう四十数年前の思い出……。今では一年に一回、仏様参りに行くくらいで、だんだん疎遠になっていきます。周りの景色も少しづつ様変わりして、田んぼだった所に店や工場が建ち、古い家も新しく建て変わり、昔、泳いでいた川も、今では草が一面におおいかぶさって、「あー、昔はこの川でよく泳いだのに」と、なつかしみながら車で通り過ぎて行きます。

私も孫がいる年になった今、自分たちの小さかった頃のたくさんの楽しい思い出を、この孫たちに残してあげられるように、なるべく自然にいっぱいふれさせてあげようと努力しています。

対馬の海

福岡市西区姪浜　馬田礼子（五十歳）

今は海に泳ぎに行く事もありませんが、夏が来ると子供の頃を思い出します。

実家は対馬の小さな集落で家の周りは山、川、海です。夏休みになると午前は家の手伝い、宿題をおえ、午後からは友達と毎日海に行き、泳いでいました。

その海の見事さ、どこにでもは見られない美しい海です。砂浜ではなく、玉じゃり――丸い石ばかり。泳ぐ前にまず裏山に行き梨を採って来て、海で泳ぎながら食べるのです。その後、お腹がすいてくると磯に行き、アワビ、サザエ、ウニなど採って、そのまま食べるのです。美味しかったこと。昔はたくさんいました。でもやっぱり、甘いお菓子が食べたかったですね。

泳ぎ疲れると、海から上がり、神社で昼寝をするのです。涼しくて気持ち良かったですよ。今も美しい海は昔のままですが、今、集落には子供があまりいませんので、泳いでる人は見かけません。来年の夏は、孫、航樹といっしょに泳いでみようかと思っています。

台風19号がやって来た

朝倉郡夜須町東小田　**行武まつ美**（七十六歳）

夏が来ると台風のことが頭から離れません。あの19号台風に見舞われて以来、夏といったらすぐ台風と口に出すようになりました。と申しますのも、わが家はまわりが田圃に囲まれていますので、東西南北、四方風当たりが大変激しく、家の中にいても体が凍る思いです。

19号台風の時は、恐る恐る硝子越しに納屋の方を見ていましたところ、瓦が一坪くらい一緒に浮き上がって、ガラッとまた元の位置に落ちるのです。それがあちこちで、まるで瓦の曲芸を見ているように感じました。風の力は本当にすごいと思いました。そして、屋根の瓦が雨のように落ちてきました。

その後、家の瓦直しに十日あまりかかりました。

私は生まれつきオテンバですので、セメントをバケツに入れて屋根の上まで運びました。

今年もお盆前から台風情報が次々と報じられ、心を痛めておりましたが、大したこともなくホッとしております。

でもこれからが台風本番です。わが家にとって夏は嫌な時期なんです。

台風さん、あまりいじめないでくださいと、祈らずにはいられません。

蛍

福岡市早良区東入部　**気ままなかもめ**（行武ひとみ　四十九歳）

田植えの頃、蒸し暑さも少しやわらぎ、かわずが鳴いて、川沿いの草むらには蛍が飛び交い、夕闇のなか心なごむひとときが訪れます。

家の近くの川にも二十年前までは、たくさんの蛍がいました。が、人口増加か、自然破壊からか、今は数えるくらいしか見当たりません。

平成二年六月一〇日に従妹の桂子が四十五歳の若さで他界しました。亡くなったとき葬儀場に一匹の蛍が現われました。それからというもの、毎年家の裏に必ず一匹の蛍が飛んでくるようになりました。裏は竹藪です。川からは、道路を隔てて百メートルほど離れています。しかも道路は拡張され車がひっきりなしに通り、明るく照らされています。

今年は、もう無理だろうと思っていましたが、六月十一日にやって来てくれました。やっぱり今年も来てくれたと、八十八歳になる母と従妹のことを思い、蛍に手を合わせました。

山鹿灯籠

大牟田市勝立　**中山ヒロ子**（七十七歳）

山鹿温泉の町はずれに生まれた私は、今頃になると山鹿灯籠を思い出す。八月十五、十六日の山鹿灯籠は、「昼寝せんもんな、灯籠見に連れていかんバイ」と言う祖母の声とともによみがえる。寝たふりをして夕暮れを待ちます。

湯《ゆ》の端《はた》という中心街には松の湯、もみじ湯、さくら湯の銭湯が三軒あり、灯籠が飾られていて、これを見て廻ります。

灯籠には、植木、格子戸、玄関、下駄箱もあり、座敷の床の間には掛け軸がかかっている。生花、畳、障子、襖など見事な作りで、二階への階段を上がると和室があるという見事な模型でした。

模型の家の回りには豆電球がいっぱいついていて、部屋の美しさは今も瞼から離れません。今は金色の灯籠を頭に載せた千人灯籠踊りでにぎやかになっていますが、私には昔むかしの灯籠、和室づくりが一番すばらしかった気がします。

秋

演歌「孫」が大ヒットして百万枚も売れたんだそうです。「孫がかわいい」とよく耳にしますが、その影響なのでしょうか。「おじいちゃん、おばあちゃん」ではそのことがよくわかります。

秋といえば「味覚」「収穫」。私も、小・中学生の頃、母の里（熊本）に、春休みなどの季節ごとには必ず出かけていました。

戦後間もない時期、実家にいては、絶対口にすることのできなかった白米ごはんを思う存分食べ、そのおいしかったことは、今でも心に残っています。ですから、私の秋の味覚は真っ白いごはんです。

晩秋のテーマは「私怒っています」でした。反響はすさまじいものがありました。来るわ来るわ。デスクはお便りで山となりました。今の世情を反映しています。しかし、怒る人が本気で出てくれれば、少しずつよくなるのではないでしょうか。

（石田一夫）

おばあちゃん、おじいちゃん

しわしわのおっぱい

福岡市中央区大手門　濱田美智子（六十五歳）

鹿児島の林田温泉に息子の家族と一泊二日の旅をしました。

夜、いくつかのお風呂を廻っておりますと、三歳の孫の悠平が走り回るので追いかけていました。その時、更衣室でお年寄りのおばあちゃんがお風呂から上がってこられ、ショーツをはいていらっしゃいました。

すると、悠平が走って行って、おばあちゃんのおっぱいを両手でぎゅっと握ったのです。更衣室にいた皆さんは大爆笑、悠平はきょとんとして皆さんの顔を見ています。

私は、申し訳ないやら、おかしいやら……。

私のおばあちゃんへ

宗像郡福間町若木台　**松浦喜代美**（五十一歳）

痛いとか苦しいとか決して言わないおばあちゃん
一人黙って耐えて辛抱する
貧乏を恐れない　わがままを言わない
ボケもせず　何を言われても心にしまい込み
歯を食いしばって我慢する
当年とって九十五歳
まだまだ我が子に説教をし
明治　大正　昭和　平成をまたにかけ
根性だけで生きている
ああ　私にもください
その爪のあかでも……

娘に、孫に

明けても暮れても旅っこ

北九州市門司区中二十町　（奥中恵子　五十九歳）

惜しんで惜しんで、やっとの思いで手放す決心をして、嫁がせた娘が二年と少しで転勤が決まり、遠い長野に行くという。初孫も八カ月になったばかりのかわいい盛り。主人との入浴にもすっかり慣れて、訪ねて行くのを待つようになっていましたし、わたしの大きなおなかがゆりかごでした。

やっと味わえた幸せに酔いしれていた矢先のできごとに、心の整理もつかぬまま、引っ越し荷物と一緒に長野へ。

長野で過ごした三日間はアッと言う間に過ぎました。

平成九年八月十五日、オリンピックムードの長野駅の人混みのなかで「また来てね……バイバイ」と笑って手を振る娘と孫。

「………………」

声にならない私。

主人のメガネの奥にキラリと光る涙を見た途端、堰を切ってボロボロと涙がこぼれ落ち、振り返ることもせずに汽車に飛び乗りました。

長野から名古屋までの三時間、窓ガラスにおでこを当てたまま、ただただ泣いて帰りました。座席の前の食台には娘が買ってくれた「峠の釜飯」が封も切られずに置かれたままでした。

子離れ出来ていなかった私の娘との別れでした。

この悲しい別れのお蔭で、今では年に数回の旅行が出来、信州の温泉が楽しめます。娘と孫と、そして、意地悪をした神様に感謝しています。

敬老の日に思う

福岡市　**南区のちず子**

敬老の日に知らない園児から「お元気ですか。一人で淋しくありませんか」という内容の葉書が届くが、結構一人の生活を楽しんでいるのにとても嫌な葉書です、といった内容の新聞投稿を読んだ事があります。

子供たちの思いやりが、善意の押し売りのようになってしまう時もあるのですね。私自身、歳をとり、一人暮らしになった時、形式的な便りに喜べるだろうか。

園のカリキュラムの一つかもしれないが、見も知らぬ人に書く前に、離れて暮らしているおじいちゃん、おばあちゃんから書き始めたらどうだろうと思いました。

思いやりが思いやりにならない事もあるのですね。両親も敬老会に出席する歳ですが、すすんでは行っていないようです。両親に忘れずに便りを出す事にします。

天国のおとうさんへ

大牟田市旭町　**桜**（古賀紀代子）

天国に召されて二十四年になるお義父さん、今頃は何をしておられますか。私の結婚記念にと植えてくださった金木犀は、今では六メートルくらいに大きくなり、晩秋になるといい香りを漂わせてくれます。

道行く人がちょっと足を止め、眺めては喜んでおられる姿を見ますと本当にうれしく思います。

お義父さんと一緒に商売して二年足らずでしたが、その時教えてくださった、商売で忘れてならない事、「感謝の気持ち」「笑顔の言葉」を今も忘れず頑張っております。

お義母さんも八十一歳で元気でおられます。ご安心ください。これからもずっとずっと見守ってくださいね。

ささやかな暮らしの中に

大牟田市　ちゃのでがらし（七十七歳）

バスを降りる時、若い運転手さんが「おばあちゃん、元気でね。今日が最後。明日、転勤になったから」と言うのです。

「福岡市の方へ行くの」と言うと「そうです」。

「ほんとうにお世話になりました」とお礼を言って降りましたが、こんな老女に言ってくれたことが何となく嬉しく思いました。

名前も知らない、まだ若い人でしたが、暑い時は「暑いね。おばあちゃん気をつけて」と声をかけてくれた人でした。

福岡へ行っても、きっとお年寄りに優しくすることでしょう。

「身体に気をつけてがんばってくださいね」と心で祈ったものです。

心のなかの沖永良部島

遠賀郡遠賀町尾崎　今井幸子（五十七歳）

私の心に残って忘れられない景色は、鹿児島県の離島、沖永良部島の青々とした海と白波、そして荒波に洗われた断崖絶壁の岩々です。

二十七年前の沖縄返還と共に、主人の転勤で約三年過ごしました。プロペラ機に乗って島の空港へ降り立った私の目に、はじめて飛び込んで来た南国の景色。舗装された道路の両側には、サトウキビ畑、時折真っ赤なハイビスカスの花が咲き、南の島の景色に色を添えていた。空の青さも本土とは違っていた。

島の生活で忘れられぬ人々の温かさ、美しい景色、二十七年の歳月が経ってもハッキリ目に浮かんで来ます。青々とした海、サラサラの砂、波打ち際に並んだ岩々、真っ赤なハイビスカス、白百合の花畑、ジュータンを敷きつめたような、色とりどりのフリージヤの花畑、パパイヤの実、野性のポインセチヤ、ブーゲンビリヤ。本当に心に残る美しい景色です。ぜひ、いつの日かもう一度、島へ行ってみたいと思います。

富士山

北九州市小倉北区木町　岸元澄子（六十五歳）

「頭を雲の上に出し／雷様を下に聞く」の歌詞が信じられなくて、子どもの頃から富士山に一度は登ってみたいと思い続けていました。「還暦を祝って二人で富士山に登ろう」と夫が言ってくれたときは、天にも昇る思いでした。

五合目まではバスが運んでくれますが、それ以降は自分の両足が頼りです。七合目に広がる自然のお花畑の美しさは登ってみないと「分からん、分からん」です。

八合目から頂上までは四、五歩登っては青息吐息。死にものぐるいで登った山頂で聞いた鐘の音は、たとえようがありません。

登れども登れども富士天たかし
オリオンも潤む登頂の感激に

歌のようにぽっかり浮かんだ白い雲を眼下に眺めながら、下れども下れども砂走りが延々と続くのです。やっぱり富士山は日本一の山でした。

雪山に命がけで挑む山男の心情が少し分かった気分です。六十五歳になって、もうエベレストは無理ですが、もう一度富士山のお鉢巡りをしたいと思います。

のどかな神社の森

古賀市中央　片山鈴子（五十九歳）

結婚して十日後、夫は東京に転勤した。転勤先で借家を決めてから私が行くことになった。田舎娘の東京入り、右も左も分からぬ世田谷の奥沢町であった。ひと部屋に台所という、まさに「神田川」の歌さながらの生活に入った。

それから十カ月後、新しい借家に移った。府中市である。駅を出て十五分程歩けば未開発のままの風景がいっぱいある、新しい四軒並びの一軒だった。柴囲いの家には庭があり、裏に物置があった。我が家には福岡からの出張の人や、それこそお上りさんがしばしば泊まりにみえた。

長女が生まれて一年半くらいした暑い夏の日、近くに神社があることを知り、涼みに出かけるようになった。ひんやりとした石畳とこんもりとした森、うちわとござを持って娘を遊ばせた。

いま思い出しても、当時ののどかさは、たとえようもない貴重なものだった。それに、この場所での楽しみがもう一つあった。神社の脇に、小さな店があり、パンを売っていた。そこのブドウパンが私のお気に入りで、娘と二人で食べるときの幸せな気分は最高だった。娘はござの上で昼寝をし、私は新聞を読んでいる。三十年前の、平和な平和な時間であった。

四年間の東京の暮らしをいま振りかえって、やはり新婚当時の生活の場所を訪ねてみたいという郷愁にも似た気持ちがわいてきます。

映画の思い出

福岡市南区　いまはＧＧ

もう遠い昭和十年代、呉服町（寿屋があったあたり）にこじんまりした市内唯一の洋画の映画館がありました。文部省推薦映画以外、鑑賞を禁じられていた時代なので、私服に着替えてこっそり観に行ったものです。

満員の肩越しに横目で字幕を追いながら、美男、美女が演じる熱い抱擁やキスシーンに、面映さとときめきを感じながら見入った覚えがあります。

そのころの中洲には、友楽館、寿座、民衆座、世界館などの邦画館、芝居なら九州劇場、川丈劇場などが立ち並び、それはにぎやかな娯楽の街でした。

世界の人々が集い、スポーツの技を競ったベルリンオリンピック大会の記録映画「民族の祭典（陸上競技）」「美の祭典（水泳競技）」が上映された時は、「前畑がんばれ、前畑がんばれ」に館内は拍手の嵐でした。

瞬時に情報が地球を駆けめぐる今とは違って、テレビもインターネットもなかったあのころは、時もゆったりと流れていたような気がします。

　戦争ですべてなくなりましたが、学業半ばにして戦場に征く前の、若かりしころの思い出の一頁です。

ペンションの思い出

福岡市東区高美台　**菊地代志子**（八十歳）

「十年一昔」という言葉がありますが、そうすると、これは「ふた昔」前のことでございます。

なにかの本で、ペンションのことを知り、旅好きの私たちはさっそく阿蘇のペンション村へと出かけました。老女が二人、弥次喜多みたいにトコトコと行きましたので、泊まりあわせた若い方は意外な様子でした。

庭一面の野バラが、窓から屋根の方まで伸びています。お花のころは、さぞきれいに咲くのでしょう。

若いマスター夫婦の、ホテルでは味わえないもてなしを受け、木の香りのする湯殿、珍しい山菜料理に満足し、そして夜が更けるまで語りあったものでした。小さなホールで、友人が「野バラ」をピアノで弾き、私が歌ったりして、とても楽しい一夜でした。

早朝、庭におりてみますと、うっすらと霧がかかった杉林の向こうには、朝日がキラキラ輝いていました。ピーンと張りつめた空気の中に立ってみると、自分が遠い遠い別世界にいるような感じがしました。

今度は野バラが咲いているころ来てみようと、楽しみにしていましたのに、未だ実現できず、時が過ぎてしまいました。

あのペンション、野バラの庭は、今も旅人をやさしく迎えているのでしょうか。めまぐるしい街の生活に疲れると、私はあの静かなペンションの一夜を懐かしく思い出しています。

私の心に残るあの風景

遠賀郡岡垣町　**鶴田恵美子**（五十六歳）

　岡垣生まれの岡垣育ち。そして我が町で生活している私の故郷の風景。なつかしく、少女時代の日々のアルバムを開げます。

　一面、ピンク色に染まったれんげ畑を走り回ったあの日。草わなを仕掛けて、友だちの転ぶ姿を見てはしゃいだあの日。学校帰りに道草して、水田のメダカの学校をのぞき遊んだあの日。稲刈り後の塔しゃく畑でかくれんぼをして遊んだあの日。夕闇の中「ほー、ほー、蛍来い」と、蛍狩りに行ったあの日。子供会でお寺やお宮の清掃をし、一日一善を心がけたあの日。ボタ山からトロッコに乗って滑り下り、怖かったあの時の思い出。今はすっかり変わりましたが、思い出多い道を毎日二キロ通勤で走っています。

　それから、新婚時代、君津市での三年間。次男の出産日に君津市が誕生し、一年後の市政だよりに「九月一日満一歳　この小さな命、健やかに」と見出しの横に息子の写真が載せられていました。慣れない団地生活とともに、しっかりと心に残っています。

娘

北九州市八幡西区光明　**ゆりの花**（三十八歳）

今から十年以上も前のこと。今は高校生になって生意気盛りの娘が、保育園に行っていたころ。仕事をしていたので「行ってくるね」と保育園で別れたあと、ふと振り返ると、娘は保育園のフェンスによじ登り「ママー」と泣きながら叫んでいて、横で友達が、それを止めようとする姿がありました。

いい親でもない私をそんなに思ってくれているのかと、胸が熱くなりました。

幼児期の親に対する思いは、ホントに強くて。それがすこしずつ離れて、さびしい限りですが、親になれた喜びを感じさせてくれた心に残る風景です。

娘と登った高塔山

福岡市東区みどりが丘　**椿　直**（七十二歳）

昭和二十八年三月、結婚早々若松に転勤になった。当時は、終戦直後の混乱から高度成長期に向かっていたが、それでも食料事情は十分ではなく、物価高でもあり、私たちの生活も楽なものではなかった。

翌年、長女が誕生した。初産であり、甘木の実家で出産を予定していたのだが、十二月九日、職場に助産婦さんから「出産間近です」と電話があり、あわてて勤務先から五キロの道を自転車に乗り、自宅に向かった。力を込めてペタルを踏みながら帰宅したが、すでに長女は産まれていた。親子三人の新しい人生の門出を迎えた。

それからは暇を見つけては、近くの高塔山へ、娘を背負ったり、抱いたりしながら登り、遠く響灘を眺め、娘の成長を楽しんだ。

その長女もすでに結婚し、いまは四十二歳の主婦。幸い私たち夫婦の近所に住んでいて、私たちの面倒をよくみてくれる。子どもから親へ、さらにその子へ……絆は永遠である。

私のふるさと

福岡市博多区大井　**宇宙コスモス**（富安代里子　五十一歳）

津和野（島根県）から吉井（長崎）へ三歳で養子に行き、十一歳まで過ごしました。そこは大橋炭坑があって、ボタ山の周りや廃坑のそばでよく遊びました。つくしもよく採れました。養父は左官業で、そこの街のお風呂とか、学校のプールとかの工事をしていました。石炭で真っ黒になったおじさんたちの入るお風呂によく連れて行かれました。そこはプールのような大きなお風呂でした。

近所に住んでいた直之君と、お地蔵さんが首と胴に分かれていたので、胴を直之君、私が首を抱えて持ってきてひどくしかられ、二人でまた返しに行ったり、畑の唐辛子で遊んでいたら、辛くて泣き、目をこすって今度は目まで痛くなってしまったり、石炭と同じ色をした川で水遊びをしておぼれ、六年生に助けられたりと、思い出はつきません。

十歳の時に養父が病気でなくなり、養母と津和野に戻ってもう四十年。炭坑はなくなってしまったでしょうが、もう一度訪ねてみたい私のふるさとです。

味覚の秋

新米ごはん

「味覚の秋」という言葉どおり、店先には色とりどりの食べ物が並んでいる。栗の茶色、みかんの黄色、柿の鮮やかなオレンジ色、りんごのつややかな赤。とにかくパレットにだした絵の具でさえ負けそうなくらい、その美しさは心にしみいってくる。

その中で、ひとつだけ選んだ私の好きな色は「白」。

そう、一年中お世話になっているので特別な意識をもたれそうにないごはん。

この時期、お米屋さんが配達してくる

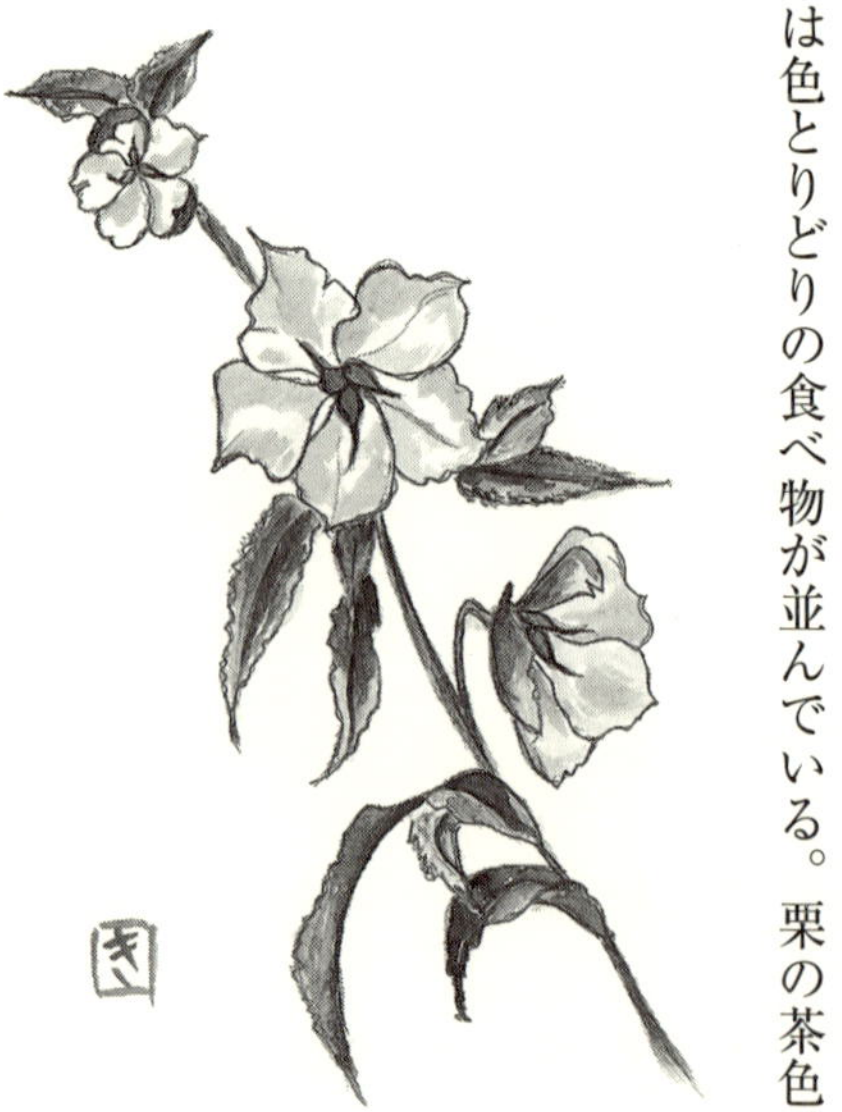

ラ・フランス

時「新米です。今回は〇〇産地の米です」と届けてくれると、やはり季節を感じる。もともとごはんが大好きな私、この世から肉類がなくなっても、ごはんさえあればいい。それくらい、お米が愛しい。

あるテレビの番組で、最後に食べるとしたら、何をたべて死にたいか、というコーナーがあった。私だったら、やはりごはん。それも、とびっきり上等のふっくら、つややか、こしもあって、口の中に含むとジワッと甘味がましてくるような、そんなごはんに、これまたひと口味わうと、味噌の風味がこの上なくうまい！　といえるような味噌汁。この二品を味わって死ねたら本望だと思っている。

「味覚の秋」というテーマから少しずれているかもしれないけれど、あたり前のような存在のご飯にも季節感はあって、今が一番おいしい時ではないかナと思いつつ、お米が育つ自然と、お米を作ってくれる方々に感謝しながら、様々なごはん料理をこれからも味わいたいと思う。

二本のざくろ

大牟田市久福木　**松本敏子**（七十三歳）

生まれてから十六年間住んだ家は狭かった。けど、庭は広くて二本のざくろの樹がありました。近くの小学校のすぐ横は有明海。ざくろの紅色の実がなり始め、それが大きくなり、樹の上で実がはじけて割れてくると、それはそれはおいしく、ルビーのような種をよりわけて、兄弟で食べるのが何よりの楽しみでした。

秋になると、くり、柿、さつまいも、里芋、梨と、おいしい果物にめぐまれている日本ですが、あの頃のようなおいしい「ざくろ」にはその後、出合うことはなくなりました。昭和十七年に移転し、この家も、昭和二十年の空襲で全部焼けてしまいました。秋になると亡き父母や、姉妹仲良く過ごしたあの日の事が想い出されてなつかしくなります。

追伸

天高く秋晴れのよい季節がようやく訪れました。今年は六、七、八月とお天道様の出て下さる日が少なくて、この時を待っておりました。

五月に、亡き母の思い出にお便りしましてから今まで書けずにおりました。こんな時にも宇野様は一日も休みなく朝早く起きて、私たちに二時間の楽しい毎日を過ごさせてくださり感謝しております。

十月四日、新しい気持ちで聴かせてもらいました。時間は三〇分短くなりましたが、内容は変わりなくよい音楽、宇野様のお料理、日の出レポート、朝のいろ鉛筆、また、体操はとても気持ちよく一日五回以上は続けさせてもらっております。

インドリンゴ

大牟田市　**モンチッチ**（吉村美登子　四十四歳）

結婚が決まり私の故郷（熊本県）に帰る事になった昭和六十三年九月、彼（今の主人）が、私に「名古屋で食べ残した物はないか？」と聞いてくれたので、すかさず「インドリンゴ」と答えたところ、すごーく困った顔をしながらも、十日あまりで三個のインドリンゴを、私に差し出してくれたのです。

私にとって緑色のリンゴは珍しく、小さい頃より大好きで、運動会や遠足などに自分で買って来てでも持って行く程でした。リンゴなのにリンゴ以外の味がして、歯ざわり、香りがとてもやさしいのです。でもしばらくすると、そのインドリンゴは見かけなくなりました。二十何年振りのインドリンゴの味に涙が出て来ました。インターネットなど充実していない時代、彼の持つネットワークを利用して、青森県の一軒のリンゴ園で、一本の古木に実った五個のうち三個を私の為に手に入れてくれたのです。あの時、「この人に一生ついて行こう！」と強く決心しました。一生忘れられない味覚です。

おふくろの味、がめ煮

北九州市小倉北区下富野　田代勝世（六十歳）

もう三十余年も前のこと、婚約して始めて彼の家を訪問した折、姑の手料理の中にがめ煮があり、おいしくいただきました。大分から福岡に嫁いできて、姑の得意料理と言うか、ふるさとの味ががめ煮でした。骨付き鶏肉、こんにゃく、干ししいたけ、れんこん、人参、ごぼう、たけのこ、里いも、絹さやを煮こんだお野菜たっぷりのお惣菜です。

先日、兄弟姉妹八人が集まった（仏様参り）時、私は遠慮がちに、料理の一品にがめ煮を出しました。「遠慮がちに」と言いますのは、皆はお姑さんのがめ煮の味を懐かしんでいるんですもの。ところが、長兄が「今日のがめ煮は、おふくろの味と同じだ」と、うれしいことを言ってくれました。

これからも自信を持って作るとしましょうか。

柚子

ブーゲンビリア

スーパーへ買物に行きましたら、黄色の柚子が目につきました。

今年はまだ田舎から柚子が届かないことに気づき、四個ほど買い求めました。早速、よく洗って外皮を薄くはぎ、お吸物の吸い口に。香り高い酢をとり、中袋は取り出して、ちょっとおしょう油を落しておつまみに。皮はゆでこぼし砂糖煮にして、お茶うけに。種はひたひたのお酒に漬けて、手荒れのひどい私はクリームとして使用。

丸ごと応用できる柚子が大好きです。初冬に田舎の庭で黄色の柚子はあったかく感じたものです。

焼きいもに父を思う

福岡市東区和白丘　村上洋子（五十七歳）

馬も人も肥ゆる味覚の秋、運動会の三段お重に詰められたご馳走の数々。旅の宿でのおもてなしより勝るのが、父の焼きいも。

木々の葉が色づき、音もなく落葉を始めるこの時期、私は庭の枯れ葉を掃く手を休め、ありし日の父の姿に思いをはせています。

幼い頃、遊び終えた夕暮れ時、お腹ペコペコの私に、いつも落ちばたきで焼いてくれたのが、父の焼きいもでした。

いつもは厳しい父が、熱いからと自分の手でころがし、小さい手に渡してくれる時、もう一つの優しい顔がそこにありました。素朴なおいもさんも愛情の中で焼かれると、栗より甘いホクホク感が口いっぱいに広がります。

二度と食べる事のない父の焼きいもこそ、最高の秋の味覚と改めて思う私です。

私、怒っています

長男の嫁と呼ばないで

FAX大好きママ

私は、主人の両親と同居しています。主人は、男ふたり兄弟で、弟は横浜にいます。今年、母が入院をしました。病院まで二時間程かかるところを幼い子供たちを残して、一日おきに通って見舞いました。そうする事が、べつに嫌でもなかったのです。入院の日も、手術の日も。

でも弟の方からは何も言って来なかったのです。母へのお見舞いもなく、もちろん私へのねぎらいの言葉もなく、一カ月ほどの入院生活が過ぎました。

そして、我が家へと帰って来た母は、私に「病院に来る回数が少なかった。長男の嫁が面倒見るのが当たり前」とこぼしたのです。

私は、がっかりしました。梅雨の大雨の日もありました。子供が幼稚園から帰る時間に間に合わない時もありました。私なりに一生懸命看病してきたつもりでした。弟の嫁が、何の音沙汰もなかったことには一言も言わないで、長男の嫁は……。

最近、少し忘れっぽくなった母は、益々ひどいことを言ったり、したりしてきます。それでも、長男の嫁としてすべてに目をつぶり、耐えていかなければならないのでしょうか。

主人はやさしくて、子供たちも素直に育ってくれています。このひと時があるから、耐えていけるのかも知れません。

バッグを届けてみれば

ああ無情（五十七歳）

　ある日曜日、香椎ダイエーのバーゲンセールに出かけました。店内は、我れ先にと大混雑。その時、婦人服売場の通路にナント、バッグが放置されてます。以前、母のプレゼントの五万円入りバッグを、あっと言う間に置き引きに会った私。大きな声で「このバッグ、どなたのですか」と何度言っても返事はなく、近くの店員さんに渡しますと「迷惑でしょうが、保安課に一緒に行ってくださいませんか」との事。

　すぐさま店内放送が流れ、血相を変え駆けつけた三十歳位の奥さんの第一声は「私が置いてたのを、なぜ黙って持って行ったの！」。

　予想もしなかった暴言に保安課の男性も、店員さんも、勿論私もア然！　しかもバッグには、三十万円もの大金が……。

　すかさず、保安課の男性は「あなた、何言ってるの。無事ここにあるのは、親切なこの方のお蔭でしょう。先ずありがとうございましたと頭を下げ、お礼を言うのが当然でしょうが。そして礼金も……」と。

彼女はブツブツ言いながら「いくら払えばいいの！」。

「最低五〇〇〇円」と男性。

「まったく冗談じゃない」とはき捨てるように五〇〇〇円を机の上に。

私はきっぱりお断りしました。私が一番欲しかったのは、一言「ありがとうございました」なんです。結局、最後まで、ありがとうの言葉は彼女の口から出ないまま。

ボタンの掛け違いは余りにもむなしく、今、思い出しても腹が立つ。秋の不愉快な一日でした。

車からポイ！

嘉穂郡穂波町　**美人のおばさん**（宮崎紀代子　五十八歳）

もう私、びっくりしました。自分勝手な若者に大きな声で言いたいです！　もう怒ったぞー。

通勤途中、車で峠を毎日通るのですけど、前に六人乗りの工事用のトラックが走っていました。

窓から弁当箱の入った袋を投げ捨てたのです。後から走ってた私は思わずブレーキを踏みました。三人分も入ってたのですよ。食べ残しの物は道路に散らかり、袋は風にのって畑に落ちました。

タバコの投げ捨ても許せないのに、どうしてこんな物まで窓から捨てられるのでしょうか？　神経を疑いたくなりますよね。

アー、腹が立つー。

「ですゥ」は馴染めない

京都郡苅田町　霜　柱

最近、日本語の発音が変になっていると思います。三十代前位の女子に多く、鼻にかかって、聞き取りにくくなっているのです。どの音かはっきりしないのですが、ふにゃーふにゃーという感じになってしまうのです。口を閉じずに、鼻にかけてしまうのでは……。

サザンオールスターズの桑田さんが「日本語を英語っぽく聞かせる為に、こんな風に発音しました」と何十年か前に言っていたのを想い出しました。

美しい日本語が、と思うと残念です。もうひとつ、母音を強く言う人が多いと思います。例えば、「朝五時ィきょうも元気ィ。朝のォテーブル色鉛筆ゥ」ちょっと例がよくないのですがァ「ニュースの時などもォよく聞きますゥ」。

言葉というのは、時代と共に変わるものですが、何か不愉快に思うのです。年のせいにした方がいいのでしょうか。

子どもを巻き込まないで

北九州市小倉北区中井　**ミセスブースカ**（脇　昌子　四十二歳）

先日、出かけていて帰りが遅くなった時のことです。我が家の近くの交差点に大きなパチンコ店があります。たまたま赤信号で止まったので、こうこうと輝くパチンコ店の店内に目をやると、なんと三歳位の女の子が長イスに座って足をブラブラさせ、ひとりでお菓子を食べています。時計に目をやると、あと五分足らずで十時になろうとしています。

お母さんでしょうか、お父さんでしょうか、それとも両親と来たのでしょうか。普通、あれ位の子でしたら、夕食も入浴もすみ、もうスヤスヤ寝息を立てている時間じゃないですか。どうしてこんな遅くに幼児を連れ出すのですか？

今までに何度も、パチンコに熱中したあまり事故が起きたではないですか。

親の勝手な欲求に子供を巻き込まないでください。

もし、あの子が店の外に出て道路にでも飛び出したら、と思ったら、ますます怒りがこみあげてきました。ああいう事故、私は許しません！

私、怒ってますより腹が立ってます

ブロッコリー（六十歳）

主人は六人兄弟の長男です（男四人女二人）。姑（九十二歳）が一人になり、八年前に私たちの所に来て同居することになりました。その時は、自分の家に来ていいよと言う人は誰もいなかったのに、最近になってばあちゃんが可哀想だ、めんどう見が悪いなどと、妹や弟たちが文句を言って来たのには、私もあきれました。

姑は私たちの家に来て以来、妹の家にも弟の家にも連れて行ってもらえず、一年三六五日、ズーット同じ所で過ごしています。正月が来ても盆が来ても「ばあちゃん、たまにはうちにこんネ」、と言って連れて行く子供はいないんです。

姑のめんどうも見ない主人の弟や妹たちに、私は腹が立っています。

いい年をして、いい大人になって、ねぎらいの言葉もなく、ありがとうの言葉もない。

自分の親は自分でめんどう見たら、と言いたくなるけど嫁として言えないのが悲しいです。

こんな家族ってほかにあるかしら？

子供を無視して走るドライバー

鹿島市　むつごろう（七十九歳）

散歩中、ちょっと疲れたので歩道の隅に腰を下ろして、国道を走る車の様子を見ていた。「二〇七号線も車が多くなったなー」と一人ごと。そこに小学校三年生くらいの男の子が、可愛い妹を伴って、横断歩道で手を上げたが、子供の手を無視して、車は通過して行く。そこに大型車が来て止まった。それなのに対向車は走り去る。大型車の運転手さんが腹を立て、クラクションを全開で鳴らすと、その音に驚きやっと止まった。

走り去った三台の中の二台は女性ドライバーである。

女性は男より優しい心を持っているはずなのに、とんでもない。図々しいのは現在では女性である。赤信号に変わったのにそれを無視して、激しいスピードで通過する。ある男性ドライバーは言う。女性が運転する車の後は危くてついて行けないと……。

女性ドライバーの皆さん、事故を起してから反省しても遅すぎる。心ある運転をしてほしい。

二十九歳の長男に怒っています

山口県豊浦郡豊浦町　原　京子（五十二歳）

十月二十日頃、長男が今住んでいる小倉から久留米に転勤という事で、アパートの保証人に名前を書きながら、万が一の為に今度の住所をメモしておきました。すると案の定、十月末に長男から電話があり「お母さん、お願いがあるんだけど」との事。私が「なに」と言うと「今度自分が住む住所を教えて」と言うのです。

私はびっくり。「あんた何を言ってるの」と言いながら教えてあげました。

それから二日後、また、長男から電話で「お母さん、お願いがあるんだけど」です。私はまさか住所の事ではないよね、と自分に言い聞かせながら「なに？」と言うと、また、「自分の住所を教えて」なのです。

もう私は完全に切れました。

「あんた二日前に教えてあげたじゃなかかね」

「あの時、パソコンに入力したので、今、そのパソコンを持ってないから」と言うのです。それから長男の事で夫婦喧嘩。
長男に腹が立つやら、その子供を育てた親にも腹が立つやら。
産んだ母親の顔が見てみたいと思いました。
あとで鏡を見ようっと……。

消えたおこめ

〝お〟なしのまさ子（和田政子　五十二歳）

それは、一ケ月前のこと、丹精込めて穫り入れ、ほっとしたところで、ご近所の預かり物の米一俵が倉庫から消えていました。

五月に種まき、九月から十月まで水管理から真夏の炎天下の除草など。そして穫り入れ、脱穀、精米と、それはそれは大変な苦労して作った米です。

それを、それも一俵ごっそりですからもう怒っちゃいます。おまけに側に置いていたガソリン一〇リットルも持っていってるようですから、車で運んだんでしょう。

今時、米一俵かついで持って行ける猛者はそうそういない。

それにしても、一年間の我家の兵糧が一俵少なくなる訳ですから、毎日毎日を少しずつ倹約し、食いつないでいかなきゃならない。

泥棒さん、丹精込め、愛情も汗もしみこんだご飯、食べておいしいですか。

砂をかむようじゃないですか。

三食するたびに心が痛みませんか。

なくなったからって、また、盗みに来てもありませんよ。そこには、やせほそった私たちが立ってるかも知れませんよ。

小渕首相殿

筑紫野市二日市北　**末廣好運《よしゆき》**（六十八歳）

前略。来年秋には新二千円札が発行される由。五万円札、十万円札ならば、発行の意義も理解できますが……。

全盲の身である私は、現在の三種類のお札の区別にも苦労しているのです。比べれば見当はつきますが、一枚出されても即座にはわかりません。事故にまきこまれることもあるのです。盲人用識別マークも、お札がくたびれた状態では用をなさないのです。

首相にお願いしたいのは、二千円札の発行を取り止めていただくとともに、在来のお札が古びた状態でも触覚をとおして即座に判別できるような「識別マーク付き」の紙幣発行を、西暦二千年の記念として行なってください。そして、みんなが明るく暮らせる国づくりにご尽力下さいますように。草々

平成十一年十一月八日

ああ、失業

占部美智子（五十五歳）

主人の転勤で千葉から当地に二十五年振りに帰って来ました。主人が停年になったら千葉にもどります。

千葉でパートを辞める時「帰って来たらいつでも雇う」と言われ安心していました。ところがある日突然「会社なくなったのよ。あてにしてるといけないので」と連絡がありました。

まあいいか、こっちでせいぜいがんばろうっと。

ところがこれまた突然、社長より廃業宣言です。

目下失業中。

ああ、私、この不景気を怒っています。相手は政治家ですかね。それとも消費しない我々ですかね。

ねえ聞いて！　私、怒ってます

鞍手郡鞍手郡中山　**レモン**（三十三歳）

私、先日骨折したんです、足を。その五日後、どうしても出かけなくてはいけなくなり、松葉杖で電車（ＪＲ）に乗らなくてはいけなくなったんです。

電車に乗ると、二人掛けの席に、一人ずつ座っていて、どこも二人分は空いてません。そして座ってる人たちは、空いている席に荷物を置いていました。

でも、誰もその荷物をよけて席を空けてくれず、結局、若い男性が黙って席を立ってくれました。

乗客はほとんど女性だったのに、誰一人荷物を退《ど》けてはくれませんでした。声をかけても無視！　男性が立ってくれなければ三〇分以上、骨折した足で立ちっぱなし。

あのおばさんたちに怒ってます！

大人ですもの

マダム・ジュジュ（六十歳）

今、私たちはある企業の集会に参加しています。講話は七〇分足らずですが、ほとんど毎日携帯がなります。会場内でもスイッチオンのままにしているのです。

ベルが鳴る度に、場がシラケ、耳は携帯に奪われてしまいます。講師の方は「携帯も鳴ってますし……」と笑って小休止を促しますが、つなぎがもどかしくなります。

大人ですもの、常識を持って参加してもらいたいと思います。私が持っていないから、持っている人の気持ちを察しきれないのでしょうか。

それにしても、面接試験中に携帯がなり、不採用になったという話を耳にしましたが、当たり前だと思います。それが当然と考えたいと思います。

エチケットという言葉があります。持っている方はマナーを守って使用してほしいと懇願します。

湯気の立つほど怒っています

宗像郡福間町　プンプン

十一月十四日の朝、畑に行くとジャガイモ約三十株がスコップらしいものできれいに盗まれている。

葉や茎は畑の隅にかたづけられ、足跡などは用心深く消されていた。大根も大きいものばかり五本ぬかれ、ぽこんと穴ばかり寂しく残る。

大根はまだ二〇〇本ほどあるが、ジャガイモは残り半分しかない。

横の畑には、すきやき用の深ねぎがあるのも見ていったに違いない。近いうちにまた盗みにくるだろう。

人のものを盗んで来て家族になんと言って食べさせ、どんな味がしただろうか。

戦時中、食糧難の時代に里いもを盗まれた。種にしていた親いもは食べられないので、子いもだけを全部盗んでいった。

「子は出征、残した親はたのみます」と書かれた札を置いていた。それを見た親父は、腹は立つけど風流な盗人だな、まあくやしいけど許してやるかと言って笑っていた。

それにしても、少なくともダンボール三箱は盗んだ今回のジャガイモ泥には、腹の虫がおさまらん。下痢でもして、バタ狂え。

秋になって
公園にて

福岡市南区桧原　**小森猪熊**（七十四歳）

アルプス乙女という名の可愛いリンゴが、真っ赤なほっぺを風に揺らし、柿やキウイも実っている。

池の水に映える楓は一段と色を増し、ならやくぬぎも紅葉を待ちわびた様子。

展望台から見渡せば、柔らかな秋の陽光が静かに陰を落とし、ジェット機の翼にあたる日の輝きもいくぶんにぶく感じた。

林を歩けば、秋風に揺れる枝から、ぽとりと椎の実が帽子に落ちた。

あたりを見渡すとネズミ色の実がコロリ、コロリ転がっている。

栗はすでに収穫がすんだのか、茶褐色になったトゲトゲの外皮が、パックリ口を開いて木の下に散乱していた。

赤く色づいたカラスウリが藪からそっと覗き、すすきが風にそよげば、セイダカアワダチソウの花も黄色い波のうねりに見える。
秋近しを報じたのは、ついこのあいだだと思ったが、季節はいつのまにか進んでいた。

虫干し

北九州市小倉南区　**安部双見**（六十歳）

異常気象のこの夏、夏らしい天候は何日あったのでしょうか。

その分残暑は厳しく、なかなか本格的な秋晴れが訪れず、台風の後、ここ二、三日やっと落ちついた空が見られるようになりました。虫も今を盛りに鳴いています。

私はお布団干しに毎日忙しい日々です。洋服ダンスや和ダンスの中からも外に出たいとノックしている様子がうかがえます。

二年前、交通事故に遭い、お布団干し、虫干しをサボり、三年越しの防虫剤の入れ替えです。

四本の物干し竿にいっぱいに広げ、風を通し、新しい防虫剤を入れるとタンスの喜びの声が聴こえてきそう。

私も肩の荷が一つおりたようです。

布団も太陽をいっぱいあびてフカフカにふくれ、もとの位置には入りきれないよう……。

レースのカーテンも洗い、冬用のカーテンも吊り下げました。
アー、主婦業一段落。急においしいコーヒーが飲みたくなります。一息入れますか。

冬

師走は何かと忙しいものです。それでもたくさんのお便りをいただきました。「笑って許して」のテーマには、ほほえましくも感動的なお話が多く、年末年始はこうでなくては、と改めて感じさせられました。

「いじめ、登校拒否、そして……」には親子の絆の深さを思い知らされました。放送後、リスナーからたくさんの励ましのお便りが届いた時、ラジオでの絆をはっきりと知ることができました。

もう一つ感動的な反響は、今年（二〇〇〇年）の二月でした。「恋文」の「限られた時間の中で」でした。身体障害者と目の不自由な方との恋物語。放送時、宇野さんが言ったひと言が今も耳を離れません。「誰がなんと言おうと祝福します。それ以上に今、このラジオを聴いているみんなが祝福の涙を流しています」と。

（石田一夫）

笑って許して

人間国宝

匿名希望（六十四歳）

今年、我家の初笑いは、孫におばあちゃんは人間国宝と言われて……。

我家は一月二日に家族全員の新年会を開いています。今年は全員集まることができました。孫が三人いて女の子が二人と男の子が一人。この男の子は小学生で、とてもユニークな子で料理がすきで、レパートリーは特にスパゲティとカレー。毎日スパゲティ料理を作ってもあきないと言います。

学校が休みの時とか学校が昼までの時など、母親が勧めていますので、我家へ帰って来ます。私が食事の用意をしますと楽しそうに手伝ってくれます。本人のためにもよいのではと、私は手伝ってもらっています。主人は男の子が台所の手伝いはしなくてよいと言いますが、孫は「おじいちゃん、今は男の子でも、女の子でも、何でもするんだよ。ボクは学校では料理クラブに入っているんだよ」。

主人は何も言えず、私にヤッアタリします。

お正月、皆で乾杯して食事が進み、途中主人がお酒はアツカンがよいとか、お茶など色々と用事を言うものですから、孫が「おじいちゃん、自分のことは自分でしなさい。おばあちゃんは人間国宝だよ」と言うと、全員吹き出して大笑い。

女の子の孫が人間国宝て知ってるのと聞くと、「おばあちゃんは、おじいちゃんにいろいろと言われても、ハイハイと言って毎日働いているが、こんなおばあちゃんは、どこ探してもいないよ。おじいちゃん、大切にしないとバチがあたるよ。おばあちゃんも、たまには遠い所へ遊びに出かけてみては」と言う。

母親たちはハラハラ、自分たちの子供の頃は、おじいちゃんは恐くて何も言えなかったのに、この子はもう、何を言い出すのやらと言ってあわてる。

私もハラハラ、ドキドキ。でも心の中では拍手喝采する。主人は笑って「何を言うやら、ハッハッハッ」。女の子の孫たちが拍手する、パチパチパチ。

胸をなでおろす。小さな子供たちの頭の中、目、口、こわいですね。うかうかしてはおられません。

子供たち、孫たちに今年も元気で心配されないよう頑張りたいと思います。

T君の大失敗

福岡市西区今宿東　**ふきのとう**（荻野春子　五十五歳）

T君は友人の結婚式に出席し、新郎の友人代表として祝辞を述べた。T君は、新郎との思い出を、おもしろくおかしく身ぶり手ぶりよろしく話していました。そのうち、「私は新夫と一緒に風呂に入り」と言うと、会場からどっと笑いの渦が上がり、T君は自分のスピーチが受けたのだと満足していました。

自分の席に戻るなり隣の友人が「おい、お前。花嫁といつ、どこで一緒にお風呂に入ったんだ」と言われ、「なんだそれ」とT君がけげんそうに言うと「お前、花嫁と風呂に入ったと言ったじゃないか」と言われ、「いや、おれ、新夫と入ったと言ったよ」。「バカ、お前それを言うなら新郎と言うべきだろうが」と言われてしまいました。

T君は、その時初めて自分の失敗に気づき、身が縮こまる思いがしたそうです。その後、T君は「花嫁と一緒に風呂に入ったやつ」とからかわれて困っていました。

弁当と新婚さん

祇園太鼓

「日の出レポート」のコーナーを聴いていると、奥様方の弁当作りの話題が時々あります。我家の妻も新婚以来、私の弁当を作ってくれています。

私の会社は、朝が早いので、毎朝四時半頃には起きて、私、妻、娘と三人分作っています。妻も仕事をしていますし、夜勤、早番などで不規則な仕事の為、時々、会社での仕出し弁当にしていますが、私には今一つです。

さて、秋と言えば、結婚シーズンです。私の会社にも、最近結婚した新婚ホヤホヤの若い社員がいます。その新婚さん社員が、今までの会社

での仕出し弁当から愛妻弁当へ変わったようです。

ひやかしながら、その弁当をのぞいてみると、弁当箱は二段重ねで、とてもおしゃれ。中味も、色どりもカラフル、いかにも新婚さん弁当そのものでした。

思い出すと、私も若き頃はボリュームいっぱいのドカベンでした。ところが、今の私の弁当は、近頃の私の体調等を考えて、塩もの、揚げものなどをなるべくひかえた、シンプルで、小さめの弁当です。やはり弁当にも夫婦の年季とそして歴史があるようです。

私もあと、六年数カ月で定年を迎える予定です。今は、てれくさくて言えないけど、いつか定年を迎えたその日には、妻に「長い間、弁当ありがとう」を言うつもりです。

鯛焼き

春日市　林檎りら

それは、ある水曜日の事（映画の日で女性は千円）。友人を誘って天神へ映画を見に行きました。お得な気分に浸りつつ、おいしいランチも食べ、満足して帰宅途中の事です。

バスの待ち時間に百円ＳＨＯＰで買物をしていたら、あと五分でバスがくるという時に、私は、おいしい鯛焼き屋さんが近くにあるのを思い出しました。

無性に食べたくなって早速行くと先客が一人。おじさんが、とてもとても丁寧に包まれていました。私は、ちょっと不安になりつつ、でも食べたい気持ちには勝てずに注文しました。

おじさんは、やっぱりスローペース。

悪いなと思いつつも「すみません、バスが来るので、少し急いでいただけませんか？」と言いました。が、変わりません。気持ちの中ではもう足踏みしながら、受け取り、お金を払いダッシュ！　と思った時、「バス行っちゃったョォー」と友人。

実はそれを逃すと超まずい。子どもが帰ってくる。鍵は持たせてない。背に腹は変えられず、タクシーで帰宅。高い鯛焼きになりました。悲しいやら、おかしいやら。主人に言うと、大笑いされてしまいました。

師走、そして新年

師走になると

北九州氏小倉南区高津尾　出口節子（五十三歳）

十二月中旬から我家は戦場になります。主人と二人で野菜を作っているので、この頃から、正月野菜の出荷に大わらわです。朝、暗いうちから、夜遅くまで作業が続きます。夜の食事がお弁当になる事もあります。私が炊事をする時間が勿体ないのです。出荷する野菜は水菜、カツオ菜、カブです。

三人の子供たちが小、中学校の時は、私たちの忙しさを見かねて、野菜の悪い葉を落としたり、大小をわけたりして、自分たちで出来る事をしてくれました。二十六歳の息子は「水菜の手伝いをしていたあの頃は寒かったし、手は冷たかったよ」なんて笑っています。

トラック一台にいっぱいの野菜を乗せて市場へ行くと、他の生産者から「二人でよくそれだけの野菜がとれるねぇ」と言われます。二十八日まで、後一週間、あと三日、あと二日と、毎日、二人で励まし合ってがんばります。

出荷が終わり、三十日は数家族でもちつきです。もちつきが終わった途端気分が悪くなって、二、三日、動けなくなり、娘たちに「おせちの作り方を教える」なんて豪語していた私を横目に、娘たちは味気ない市販のおせちを買ってきた事が何回もありました。

とにかく、今年も野菜は上出来ですのでがんばります。

ボーナス

よくばりおばさん（六十六歳）

宇野さん、ちょっと聞いてくださいよ。私の息子夫婦（同居）は公務員です。やがてボーナスを頂くことになっております。それもこれも二人が働きやすいように、私と主人が家庭を守っているから安心して勤められるのですよね。

ボーナスをもらっても、一言もボーナスのことは口にしません。

「毎日助かっています」と言って小使い銭をくれてもいいと思うのですが、息子が公務員になって十六年、結婚して十二年、一度もくれません。私の友人は、「健康で家事が出来る事は幸せよ。してやってると思わないで、させていただいていると思いなさいよ」と言うのです。

私って欲ばりなのでしょうか。ボーナスに縁のない私のひがみでしょうね。健康が第一ですね。

二十一世紀に向けて私の夢

佐賀県三養基郡基山町　宮口廣幸（六十二歳）

一昨年、仕事を辞め六十歳を迎えた時、ずっと持っていた夢がありました。それは、子供のころ、学校の図画の時間に習っていた絵を描いてみたいということです。それも水彩画ではなく、未知の油絵を描いてみたいというのが私のただ一つの夢でした。ちょうどそのころ、私の町に絵画サークルが誕生したのです。それこそグッドタイミングでした。

ちょっとハズカシイ気持ちがありましたが、勇気を出して入会してみました。女性十名、男性五名、合わせて十五名でしたが、趣味を同じくする人たちの集まりなので、すぐ打ち解けて、一週間に一度、花を描いたり静物や人形を描いたり、思い思いに自由に、おしゃべりも交えて描いています。たまには阿蘇へ行ったり、久住へ行ったり、スケッチ旅行にも出掛けます。

サークルが誕生して一年後、昨年十一月に絵画展も開きました。町の人たちにけっこう観ていただいたようです。

まったく下手の横好きですが、確かにはげみになります。若いころのように飛躍は出来ませんが、楽しみの一つなのです。

濡れ落ち葉にならないように、少しでもチャレンジする気持ちを忘れないように、自分の心の中だけでも、小さくともピカッと光って今年も過ごせるよう心がけたいと思っています。

若水汲み

福岡市西区壱岐団地　**グレーのママ**（加藤弘子　五十六歳）

私、新年を迎えるとそのたびに思い出します。三十一日、除夜の鐘がラジオから流れると、母と二人でバケツを手に近くの湧き水を汲みに行きます。若水です。

途中近所の方と会っても、一言もしゃべってはいけないしきたりです。普通あいさつしたりお話をする方々と言葉を交わさずにいるというのは、異様な雰囲気です。もちろん母とも帰宅するまで黙ったままです。

その様子がこっけいで、家に着くなり母と笑いころげてしまいます。

元日の朝、その若水で顔を洗いますと、なぜか幸せがいっぱいの年がきたような思いがいたしました。

現在は、水道が設備され、若水汲みもなくなったと母はちょっぴりさびしそうです。

いじめ、登校拒否、そして……

北九州市門司区　**レトロの親父**

「新年に思う」ということで、子供の大学入試に頑張れコールを送りたいです。私の家族は女房、長男、長女と四人家族です。女房は小学校勤務、長女は結婚しています。長男は孝治といい、現在高校三年生です。

長男には、親バカでしょうか、よくぞここまで立ち直ってくれたと頭が下がります。それというのも、子供の頃から手のかからない、責任感の強い子でしたが、今からちょうど二年前の高校二年生の春から登校拒否と、まるでテレビドラマのような事が始まったのです。

子供が送った信号を見落とした親父とでも言いましょうか。ある日、たまたま仕事が早く終わったので家へ帰ると子供がいるので、春休みは昨日で終わったはずなのに、学校はもう終わったのかと聞くと、返事がないのです。私と視線を避けるような態度で、何かいつもと違う子供のように感じました。

変に思い、問い質すと突然声を詰まらせて泣き出したのです。私もビックリしました。

宇野さん、十七歳の男の子が父親の前で、声を詰まらせて泣く姿を想像してみてください。久々に泣く子供を見ました。

学校で何かあったなと理由を聞くと、理由を言いません。ただ、学校を退学させてほしい、やめたいの一点張り。五時間の間、話をしたり沈黙したりを繰り返して、ようやく子供も落ち着いたのか話し出しました。

「お父さん、僕は中学一年生の時から今までイジメられよったんよ。毎日毎日、イジメられよった気持ちわからんやろ、お父さんは強いけね。お父さんは僕が子供の頃からよく言いよったやろ、友達と喧嘩したり、人に迷惑をかける事は絶対にするなと。約束は守ってきたけど、五年間イジメられたんよ」

子供は中学一年生から高校二年生まで、バスケットボールのレギュラーとして頑張っていました。どうやら部活でイジメがあったようでした。このまま子供が潰れていく姿を私自身見たくありませんでした。

「バスケ部で起こったことを先生に相談すること。イジメられるということは、自分にもなんらかの原因があるとお父さんは思う。そのところを振り返り反省するなら、自分の人生だ、お前の悔いのないように進路を決めろ。それが出来なかったらお前はただの負け犬になるぞ。堂々と人前に出られるなら後は何も言わん」

子供は自ら学校で水面下に隠れていたイジメを暴露。先生立ち会いの上、一人一人と話し合い、和解という結果を作りました。その後、学校にはイジメ対策委員会が出来たようです。

それから子供自身の戦いが始まりました。結果としては自主退学して定時制高校へ編入。二年生からのスタートです。昼はガソリンスタンドで働き、学校へ行く生活をしています。朝は八時から仕事をして、学校を終えて帰宅するのが十時過ぎです。

今日まで一日も休まず頑張っています。自分なりに進路を決めたようです。定時制は四年ですが、三年で必ず卒業するよ、大学へ進学させてくれと言っています。自分は小学校の教師になる、そしてイジメのない学校にしていきたい。自分は体験しているからよくわかるよ。

また、もう一つ別の学校へ行かせてほしいとも言ってきました。定時制は進学する為の勉強をしていないので、単位を取らないと大学受験資格が出来ないから、福岡市内にある青松高校で単位を取ると言い、入学しました。日曜日にセッセ、セッセと通っています。

年も明け、定時制高校卒業の見込みもつき、大学受験資格も取りました。バイトも一月で辞めるそうです。自分の後に働く人も見つけてきたみたいです。

今は夜中まで勉強しているみたいです。自分の目標に向け真剣勝負しています。我が子ながら頭が下がる思いです。

今思えばあの時、子供が私に対して異常に明るく接していた時期がありました。子供なりにＳＯＳを出していたと思います。

子供を目の前にしてなかなか言えませんが、父親として見抜けなくてすまん、と今は言いたい気持ちです。

心を感じて聴く

福岡市南区五十川　當房ちずこ（四十九歳）

今朝は心暖まるお便り（「いじめ、登校拒否、そして……」）、ありがとうございました。息子も中学二年生の時に同じような問題がありましたが、「本人にも原因があるぞ」と先生が話し合いの場を持ってくれて、解決してくださいました。こうじ君のおとうさんも「早く気づいてあげていたら……」と、おっしゃいますが、いつもいつも、こうじ君に注がれる暖かい目があったからこそ、打ち明けられたのではないでしょうか。

青少年犯罪が増えている今日です。大半の子どもたちは、愛情不足が原因ではないでしょうか。「いつも守っているよ」という両親の暖かい眼差しが子どもたちには必要だと思います。「甘え」と「愛情」は別です。暖かく守れる親でありたいものですね。

今日は休日ですが、いつも通り五時に起きて、ゆったりとした気持ちでラジオを聴いていましたら、宇野さんの涙、おしゃべり、朗読するだけではなく「心」が感じられてとってもよかったですよ。ありがとうございました。

鬼の面

福岡市西区今宿東　**熊谷小百合**（四十歳）

寒さが厳しくなった二月三日節分の日、幼稚園バスから降りてきた息子は笑顔いっぱいだった。すぐに園で作った鬼の面をかぶり、「今日は、豆まきをしたよ」と話してくれる。何日も前から「二月三日には鬼は外……するよ」と楽しみにしていました。寝る前に本を読み、歌を聴きながら寝る息子が、昨夜はぼくが歌ってあげるねと「鬼は外、福は内、パラパラ……」と歌ってくれた。思わず子供を抱きしめてしまいました。

年少組の鬼の面、年中組の面、そして来年は幼稚園最後の面です。どんな鬼の顔になるのかしら、とても楽しみです。

家でまいた節分の豆を「出張中のおとうさんの分もとっておこう」と言って、大切にしまった息子。一人っ子ですが、この子のおかげで、わが家はとてもにぎやかです。早くあたたかい春がくるといいですね。

恋文

裕之さんへ

大牟田市歴木　今福寿子

初めまして……何度もお逢いしているのに、手紙を出すのは、私の気持ちを、貴方に伝えてみたかったからです。二十代、三十代、そして四十代になりました。それぞれの年代でそれなりに恋もして来ましたが、こんなに静かに人の事を思える恋をしたのは、貴方が初めてです。

貴方の後姿、そして下を向いて本を読んでいたりする姿を見かける度に、私の心はときめくのです。

ただ一つだけ問題があります。それは貴方が私の気持ちなど知らずに、フランクに話してくれることが、私の心を悩ませます。私が貴方の事を思っている事を知らないから、きっとあんなふうに自然に話をしてくれるのでしょうね。

時々、夢の中に、貴方と、恋人同士になった夢を見ます。その時の貴方は、私の気持ちも、ちゃんと知っていてくれ、私を恋人として見てくれるのです。

貴方の傍に居られるだけでいいのです。私の本当の気持ちを知ったら貴方は、私のことをどんなふうに想ってくれるのでしょうか。今は一日に一度、顔が見られるだけでいい私ですが、気持ちは、一方的に貴方のことばかりになっていくのです。私を十代の初恋の頃のような気持ちにさせる貴方の存在、心の中が恋の歌ばかりになる私。時々、涙が出る程胸が熱くなります。

四十代になっても、こんな恋が出来るなんて思ってもいませんでした。もしよかったら私のこの気持ち、分かって頂きたいのですが、余りにも突然で驚かれたことでしょう。

そう、これは、恋の告白なのです。

よければ、友達になれたらと思っていますが、貴方の気持ちを考えたら告白してよいものかどうか考えました。

恋人でなくても良いのです。心の中に好きな人がいるだけで幸せなのです。……時には、月に一回でもいいから、コーヒーでも一緒に飲めたらいいのにと、思っています。

どうぞ私の気持ち伝わればと思っています。それでは。

限られた時間の中で

福岡市　匿名希望

全盲のあなたと手足の不自由な私。二人合わせても一人前に満たない体だけれど、恋人同志になって十年近くなるでしょうか。

あなたと二人で暮らしてたお母さんが亡くなられた後、どうなる事かと心配でしたが、週一回のヘルパーさんに来て貰って、買い物や掃除、食事づくりをお願いした上に、散歩もさせて貰っているようですネ。風呂やトイレなど、ヘルパーさんの手の回らぬ所は自分で掃除するしかありませんが、私が這いまわるので、訪ねて行く日は堅く絞った雑巾を何回も洗い直して、便槽やタイルを舐めるように拭き上げていますね。きれい好きなせいか、部屋はきちんと整頓されていますね。

炊事場が高くて、私が何も手伝い出来ないのに、手探りでつくった煮物に美味しい味付けが出来て、料理の腕を上げて素晴らしいなと思います。短い限られた時間、会話を弾ませながら誰にも祝福される事のない二人の思い出を、これからも刻んでいきましょうね。

住所不明の恋しい人へ

宗像市　田島静代（五十五歳）

前略、お元気でお過ごしでしょうか。

お互いに数年後は結婚するだろうなと思いながら、つきあっていた日々。ある日、あなたが転勤で「東京に一緒に来てくれないか？」と言われました。それは結婚の申し出だったのです。

ちょうどその時期、母が癌に冒されていました。その時代、癌イコール死だったのです。母をおいて嫁にはいけない。私だけが幸せにはなれない。母は死ぬ、と頭の中はパニック状態でした。

月日が経ち、貴方が東京で結婚された事を知りました。悲しくて一日中泣きました。そして私も結婚しました。

今は二人の子供も結婚し、お孫さんは、と聞かれる年齢になりました。主人も亡くなり、母の十三回忌も終わりました。気持ちも落ち着き、貴方に会いたいこの頃です。

三十数年前にもどり、あの時言えなかった事、聞いていただきたい事があります。

でも、会いたい気持ちが半分……、お互いにいいおじさん、おばさんで、会わない方がよいかもしれない気持ちが半分です。

住所不明の恋しい人へ

テーマ：恋文

ご主人様

早いもので、今年で結婚10年ですね。
この10年、色々あったネ
長男・長女の誕生、マイホーム取得、
あなたの転職・私の再就職、
私の手術。どれも、ついこの間の事の
ように思えてしまう。
2年前の私の手術の事、覚えてる？
手術後、体調が思わしくなく
不安な気持ちを、あなたに、
全部 打ちあけた時、ギュッと、
抱きしめてくれたよね。
あの胸の温さで、どれだけ私は、
救われたことかしら…
ありがとう♥
この先も、あなたの胸は、
私だけのモノだよ！
あっ けれど、子供達 は、
特別に許すことにしよう。

寒い日が、続きますネ。朝、早い番組なので、大変ですネ。
けれど、とっても楽しく聴かせて頂いています。頑張って下さい

ご主人様　広島県深安郡神辺町　藤上美智子（32歳）

もうひとつの二月十四日に

福岡市早良区野芥　**小野康章**（四十九歳）

僕の姉は、昭和二十四年二月十四日に生まれました。今で言えば聖バレンタインの日に生まれたわけです。無論、当時は戦後の混乱期です。しかし、姉はスクスク育ちました。生後十カ月の頃、両親は姉を赤ん坊大会に連れて行きました。まさかジフテリアにかかった赤ん坊が来ていようとは！　何も知らない両親は、その赤ちゃんを抱いたお母さんに接触してしまいました。そして姉は、ジフテリアを発病してしまい、予防接種も間に合わずに、天国へと旅立ちました。それもたった一人で。他の赤ちゃんは予防接種が間に合い助かりました。

まだ戦後も間もなくということで、何もかも遅れていたように思えてなりません。当時はカメラなんてありませんので、姉の写真もありません。ただ、へその緒が仏壇にあったのを覚えています。だから両親は僕の名前「康章」の中に、健康の「康」という字を入れました。今年も二月十四日が賑やかに過ぎ去ろうとしています。

今年も来ましたバレンタインデー

北九州市八幡西区白岩　**薫　颪**（木原カヲル　五十九歳）

それは、今年以上に雪の多い冬でした。高校生だった息子が、念願だった新聞配達を始めました。

バレンタインの朝、配達をおえて帰宅した子供の手に、可愛いレースの袋がありました。聞くと、玄関のノブに新聞配達の方へと書いて掛けてあったと言います。親子で開けて見ますと、チョコレートと次のような手紙が入っていました。

「新聞配達さん。寒い朝、毎日ご苦労様。ありがとう。

雪の降る厳寒の朝、また雨颪のひどい日の配達、本当に大変ですね。

大人でさえ、寒い朝起きるのがつらいのに早起き、遅れる事のない配達にいつも感謝しています。これからの長い人生、今の試練がプラスになる事がきっとあると思います。風邪をひかないように、交通事故に気をつけて勉強がんばって下さい。

感謝のしるしにバレンタインデーにチョコレートをお送りします。同封のペンシル、よかったら使って下さい。宮原」

寒さを忘れ、涙、なみだでした。これからの人生、いつの日か、きっと、この御恩を、どなたかに返さないとね……二人で話しました。それから、まもなく私たちは引越をしまして宮原様ということだけで、お礼も申し上げておりませんが、この御恩は決して忘れたことはありません。息子も二十八歳になりました。このお手紙、我が家の宝として大切にしております。

ラジオの絆

始まりがあれば終わりがある
わずか、二年の
ラジオの絆でした
絆——人と人の離れることのないつながり
これほど強い
リスナー（聴取者）をつなぎとめる綱は
誰も切り離すことはできない

（石田一夫）

夜明け

黄色のバラ（四十九歳）

夜明けのすばらしさを、教えてくれたのは、宇野さん、貴女《あなた》です。

雨色を、虹色に変えてしまう、宇野さんの声です。

「流星群は見ましたか？」

「今日の雲は見ましたか？」

今の、僕たちの忘れているものを思い起こさせます。

僕は、一月下旬から、風邪をひきました。実は、ふきのとうさんからの手紙で番組が終わる事を初めて知りました。

病室で、一人泣きする男かな……。

僕は、二月十八日から三月二十三日まで、入院していました。肺炎に罹りまして、それから点滴とにらめっこが続きました。ラジオはもちろん、持っていっていました。

「朝五時」を聞き、少しでもパワーをもらえたら、と思いました。

宇野さん、まだまだですよ！　人生の折り返し点を一緒に迎えようよ。
生年月日が同じ宇野さんへ。
お疲れ様でした。想い出をありがとう。

感動のシーンをありがとう

福岡市　**朝の窓辺の小雀**（上野里枝子）

宇野さん、スタッフの皆さん、おはようございます！

先日は「ファンの集い」に参加させていただき、お世話になりました。あの日、私は思いがけず素敵なシーンを目の当たりにすることができましたので、お礼の気持ちでペンをとりました。

その素敵なシーンの主人公は、優しい娘さんと、白い杖とに支えられた一人のおばあさんです。「ファンの集い」が終わった後、宇野さんのところに一歩、また一歩と歩み寄り、目に涙をため、一生懸命語りかけられました。

遠賀郡からわざわざこられたおばあさんは、三月で番組が終わることを聞き、本当に悲しかったのだと思います。同時に宇野さんをはじめ、番組スタッフに心から感謝しているのだと感じさせられました。私の聞き間違いでなければお話は次のような内容でした。

「以前は私は歩けなかった。トイレにもほうて《はって》行きよった。この番組を聞くようになってから『歩かなければ』という気持ちになった。『頑張ろう』という気持ちになった。（町の）社会福祉協議会の人たちも『頑張ろうという気持ちに、自分たちも励まされる』と言って、私が目が悪くても、施設で歩く練習ができるようにしてくれた。番組を聞き始めて、歩けなかった自分が、今は歩けるようになった。

今は四時半に起きて、お風呂を沸かしてから番組を聞いている。ファンの集いに行きたいと思って、番組を聞きながら住所を書きとめていたら、娘が申し込みをしてくれて、こうして連れてきてもらうことができた」と。

心から語るおばあさんの頬にひとすじの涙が光りました。おばあさんを見つめ、聞いている宇野さんの目も真っ赤になり、涙でいっぱいになりました。

宇野さんに「あなたの声が丸いから……」と言ったおばあさんの一言を耳にし、私は「グラッ」と心動かされました。なんて素敵な表現なのでしょう。今の世の中、いろんなことがあるけれど、大人が皆丸い声で声をかけ合えたら、世の中が変わるのではないかと思います。心が傷ついた子供たち、孤独なお年寄りにも、きっと無形の大きなプレゼントになると心から思います。

今朝もラジオに耳を傾けていらっしゃるのでしょうか。歩けなかったおばあさんの心の中から、もう一度自分の力で歩こうという勇気と希望を引き出すことができた番組のスタッフは、きっと丸い声の方が集まっているのでしょう。

ラジオの番組から励ましを受け、自分の力で再び立ち上がり、歩き始めた方がいるのを目の当たりにし、私は「宇野さん、スタッフの皆さん、おめでとう。そして感動のシーンに出会わせていただき、ありがとう」と申し上げます。

ところで番組は本当に終わるのですね。残念です！　もうすぐ訪れる二十一世紀は「心の時代」とも聞きます。宇野さん、スタッフの皆さん、この新しい時代に先駆けて、これからもラジオの前の私たち一人ひとりのリスナーと共に歩む皆さんでいてください。

宇野さん、ありがとうね

遠賀郡芦屋町　尾中和恵

夫をなくし、視力をなくして六年。やっと障害を乗り越えて、一人の生活になれてきました。昨年、冬至の日のお風呂のお湯の出が悪かったのか、風邪をひき、泣くに泣けぬ苦しさ。その時、ふと枕元に置いていた非常用の懐中電灯をだきしめましたところ、声が流れて来ました。ラジオが組み込んでありました。ちょうど男の方の声で、お目ざめ三曲の紹介でした。それを機に番組を知り、今は離すことの出来ぬ存在ですが、残り一カ月で終わりですね。他の番組は必要有りません。貴女のこの五時の番組とその後の「めいたん」の話を聴く事が一番楽しみです。

しかし、私は恵まれてます。不自由な身体になった私を、一言「番組イベントに連れて行くよ」と引き受けてくれた子供の言葉。

宇野様、有難うね。生まれ変わった生活に向って努力します。番組終了後は、お日さま体操を、障害を持ってちぢみ込んでいる人々と、高齢者の方々と伸び伸びやり、歩いて足と腰をきたえていきます。

私はいずれ行く次の世界で夫に逢えたら、おんぶして背中から右に、左に、真っすぐにと注意してもらって、霊界の中を散歩したいと思ってます。夫は足を弱くして立てなくなっていましたので、とにかくまひした手足を歩いてきたえ、体力をつけます事を約束します。貴女のラジオ番組で生まれ変わった私をお守り下さいね。

なお、読めますかどうか心配です。漢字は辞書を引く事も出来ず、カタカナで御免なさい。読み返す事はできません。しかし、これから書く事の練習もします。

（編集者注　尾中さんは今年三月に逝去されました。）

さようなら

感動のシーンありがとう。
もうお別れですね。
この二年間、電波でつながっていた絆。
うれしい。
仲間に入れていただいてありがとう。

糟屋郡志免町　**吉村直子**（五十六歳）

私、待ってます

春日市大谷　**砂塚弘美**（三十七歳）

実は私は早起きが苦手でした。そして苦痛でした。でも、宇野さんの声を聴いてすぐにファンになりました。そして、ソフトな穏やかな宇野さんの声を聴きたいために、がんばって早起きできるようになりました。

本当に宇野さんとスタッフの方たちのおかげです。ずっと続けてほしかったです。とても残念でしかたありません。でも、きっとまた宇野さんの声が聴ける日が来ると思います。私は待ってます。それまでお身体を大切にしてください。

さびしくなるなー

福岡市東区土井　**きょうも元気！　おばさん**（六十八歳）

最後になって、はじめてペンをとりました。ごめんなさい。

宇野さんは、リスナーの方を大切にしてくださいました。それがさわやかなお声となり、心温まるおやさしいお言葉となって、どれ程私の心を癒してくださったことでしょう。

私は病人をかかえ、時には沈んだ気持ちにもなりましたが、宇野さんのお陰で元気に一日をスタートさせることが出来ました。

ほんとうにありがとうございました。お疲れさまでございました。

さびしくなるなぁ……。

大きな夢と勇気をありがとう

福岡市東区高美台　上石洋伺（五十八歳）

朝五時、さわやかな宇野さんの声にさそわれて一日が始まった二年間。何度もペンをとろうかと思いながら、最初で最後の手紙になりました……。

私は小学校六年生の時、急性骨髄炎と敗血症で二年間の闘病生活、治療のかいもなく、身体障害者としての人生を余儀なくされました。しかし、自分の夢を追い求め、洋服店と縫製の福祉工場を都城市で経営していました。百二十名の従業員中、二十五名が障害者でした。

しかし、人生何があるか分かりません。友人の保証かぶりと不況が重なって洋服店が倒産。知人に誘われ故郷を後にして福岡で生活するようになり、「人生は挫折を肥やしにして立ち上がっていくものだ」と教えてもらいました。

そして、早起きの中「朝5時、きょうも元気」で宇野さんから学んだことは「人は誰も人には言えない苦しみ、悲しみがあること、そして人は誰にもささやかな喜びがあるここと」。それを本心で話すことができる、そんな番組でした。

地方局制作の手づくりのこんな良い番組が消えていくことは、本当に淋しく、残念でなりません。

いつの日にかきっと人の心を満たしてくれる番組が復活することを祈念し、その時また、宇野由紀子さんの明るい声が聞こえて来ることを願いつつ……。

最後の日に

古賀市花鶴丘　赤木美保（三十九歳）

宇野さん、スタッフの皆さん、今日（二〇〇〇年三月三十一日）で最後ですね。二年間の放送、お疲れさまでした。あたたかい身近な番組を届けてくださって、本当にありがとうございました。

今週は何もしなくても五時より前に目が覚め、大事に大事に聴かせていただきました。もっと早く、そうしておけばと少し後悔しているくらいです。いい番組を作ってきていただいてありがとうございます。

いま、ＫＢＣに行きたい気持ちと戦っています。バスもＪＲも、始発は六時ちょっと前。どんなに急いでも放送中には間に合いそうもありません。しかし、食いしん坊の私は、宇野さんのごはんが食べたい、お菓子を食べたい、お日さまコーヒーも飲み納めしたい。行きたいよー。

なんだか気が抜けて

筑紫野市上古賀　**五時から歌姫**（峯松洋子　五十六歳）

今日は静かに最後の放送に耳をかたむけようと思いました。食事の準備が終わり、仏前にお供えをすませ、主人を送り出しました。やっぱりじっとしてはいられなくなり、ペンを走らせます。

二年間、早朝の楽しい番組を本当にありがとうございました。宇野さん、スタッフの皆様お疲れさまでした。

なんだか気が抜けたような感じがして、これから四時四十五分に何を楽しみに起きたらいいいか、希望が持てないような気持ちです。毎日欠かさず聴かせてもらいました。もう少しお便りすればよかったと後悔しきりです。どうもありがとう。

子どもと聴いた四カ月

糟屋郡志免町南里　ゆうとのママ（三十六歳）

私は四カ月になる息子に授乳しながらいつも聴いていました。
だから、この番組とは出会ってまだ四カ月ちょっとなんです。
なのにあと一日でもう終わってしまうなんてとても残念です。

私の一日の始まりだった

鳥栖市萱方　さなちゃん

いよいよこの番組も終わりに近づきました。本当に残念です。

この番組は、私の一日の始まりでした。

早朝よりいい歌を聴いて一日が始まる。やさしい宇野さんの話し方、良い番組でしたのに終わるとは残念でなりません。

いつの日にかお耳にかかることを祈ってます。宇野さん、スタッフの皆様ありがとうございました。そしてお疲れさまでした。お元気で。

主人と二人で聴いていました

糟屋郡久山町　**匿名希望**

はじめてお便りします。今月で終わりになるなんてつらいです。お便りを、今日こそ明日こそと思いながら、なかなか気恥ずかしくてどうしても出せませんでした。

でも、このまま番組が終わってしまったら残念で、あとあと心残りで悔やんでしまうと思い、この気持ちを伝えたくてペンをとりました。

朝五時から、主人と二人楽しんでまいりました。宇野さんの大変やさしいお話ぶりについつい引き込まれてしまいます。心あたたまる内容で楽しませていただきました。

二年間本当にありがとうございました。そしてご苦労様でした。いつかお目にかかれる日を楽しみにしています。

さまざまな絆

下関市　帆足医院内　松村さん「心なごませていただき、ふれあえたこと、嬉しい」
若松区宮丸の古谷房子さん「朝眠い時でも、やさしい、きれいな声で目覚めました」
博多区麦野の藤井ふさよさん「療養生活に、お話や歌を聴いて助けてもらいました」
筑紫野市の上村雪子さん「きょうも一日頑張ろうと毎朝楽しみにしていたのに」
田川郡川崎町の山北晴美さん。「ほのぼのとした元気が湧く番組でした」
若松区宮丸の演歌姫さん。「もうお別れですか、淋しくなります」
下関市の泊野道子さん。「朝の食卓、いろいろとメモしました」
唐津市の原田和典さん「ＫＢＣのラジオにぜひ出演して、ゲストでもいいから」
鞍手郡宮田町の岡田智恵さん「淋しくなります、また、声を聴けること祈ってます」
東区高見台の野の花おばさん「逢うは別れの始め……。でも、サヨナラは淋しい」
直方市のクミさん「張りつめた糸がきれないよう四月からがんばります」

南区長住の本田茂さん「たくさんの思い出をつくってくれた。ありがとう」
嘉穂郡穂波町の浜崎良造さん「たくさんの花がさく季節に……残念です」
遠賀郡水巻町の田中かずえさん「このまま四月がこなければいいのに……」
東区松崎の木村修さん「宇野さんのとりこでした。淋しいです」
須恵町須恵の野口俊照さん「♪ほたるの光　窓の雪……二年間ありがとう」
門司区上藤松の山の手夫人さん「思い出多い楽しい番組をありがとう。ありがとう」
中間市のカサブランカさん「朝の目覚めと共にこのラジオが一日の始まりでした」
宗像市の三刀星ゆきこさん「元気や勇気、心をなごませることができる宇野さん、素晴らしい人です」
太宰府市青葉台の津久田時恵さん「つたない文ですが、書くことの喜びと楽しみをこの番組で知りました」
山口県山陽町の中島悦子さん「長い間お疲れさまでした。これからはゆっくりお休みください」
鞍手郡宮田町の中島慶子さん「ただただ残念です。スタッフの皆様ご苦労さま」
早良区野介の石橋直由さん「東京在住の者です。定年退職し、福岡にマイホーム新築中、こちらへくると聴いていたのに……。さわやかな番組、東京でもありません」

小倉南区城野の古沢徹さん「好きな番組が消えていくことの寂しさは……」
東区下原のサカエさん「さあ、きょうも元気を出して、と毎朝はげみになっていたのに」
東区箱崎の市山まりさん「主婦の大先輩としての宇野さんにはいろんなことを教わりました」
大牟田市の山村洋さん「この番組からたくさんの元気をもらいました」
穂波町の山下和美さん「出会いがあれば、別れはいつかは……。また逢える日を。ありがとうございます」
鳥栖市の久保山れいこさん「健康講演会、初めて参加し皆さんと仲良くなり楽しい集いでした」
南区桧原の小林由里さん「朝五時にラジオのスイッチ入れるのが楽しみでした」
若松区二島の山本敦子さん「宇野さんの手作り料理食べたかった……」
糟屋郡篠栗町の山本照子さん「日の出リポートで宇野さんとお話でき、いい思い出です」
下関市の鈴木さん「朝食しながら主人がもうすぐ終わるね……。その声でまた胸がつまりました」
門司区社ノ木の大林美江子さん「夕日を見る会、楽しい時間、良い思い出です」
博多区竹下の渡辺美代子さん「いろ鉛筆が一番好きでした。宇野さんの声は聴いている皆の力になります」
大牟田市草木の山下稔さん「ナツメロを中心に、バラエティーに富んだ選曲。ありがとうございます」
中央区港の脇川雅子さん「私にとっては短い日々でしたが、たくさんの話、そして元気をありがとう」
下関市の上田キミコさん「一日も早く、戻ってきて。楽しい番組ありがとう」
東区和白東の中村人志さん「最後のいってらっしゃい！　由紀子さんの声もう聴けませんね」
太宰府市の藤木スエコさん「楽しみに聴いていたのに残念です」
下関市の成冨京子さん「いつかまた。由紀子さんのやさしい声が来る日を」
小倉南区の深見常代さん「宇野さんの落ち着いた声が大好きでした」
戸畑区牧山の森川勇さん「天声人語が気にいってました」
糟屋郡志免町のベンチにヨッコイショさん「二年間お疲れさま。そしてありがとうございました」
中央区舞鶴の瓜生史郎さん「たくさんのリクエストカードの中からのいい選曲。ありがとうございました」

粕屋町の案浦さん「最初で最後のハガキです。いろ鉛筆が好きでした。皆さんのいろんな思い、参考になりました」

前原町の藤山尚子さん「ショックです。宇野さんとの日の出リポート大切な思い出です」

東区和白東の梶原チエコさん「お日さま体操が私の一日のスタートでした」

下関市の藤田たかしさん「番組が終わろうとは……予想だにせずビックリしています」

遠賀郡岡垣町のミセスかりんさん「宇野様お疲れ様。またどこかでお会いしましょうね」

東区若宮の山本スミコさん「時代にマッチした心あたたまる番組でした。KBCラジオはさすが」

三養基郡中原町の古川幸子さん「床の中で聴かせていただきましたが、さわやかな声に元気をいただきました」

下関市の武田陽子さん「私の一日の始まりはさわやかなこの番組でした」

門司区奥田の中山栄子さん。「やさしい語りかけに励まされ、どんな方か想像だけで終わりました」

八幡西区のメダカの学校さん「朝早く、よくがんばってきたなと頭が下がります」

門司区清見の宝田登志子さん「終了で声は聞けなくても、スナップ写真があるので毎日見てます」

太宰府市の隣のスミレさん「友達の勧めで聴くようになりました。皆様大変でした、そして、ご苦労さまでした。」

糟屋郡粕屋町の権藤スマコさん「日の出リポートは、勉強になりました。いろ鉛筆に、感激、感動しました」

戸畑区西大谷の松永ゆみさん。「とても寂しくなります」

下関市の中野文子さん「朝食、弁当作りの最中に聞いています。主人がポツリと、もう終わるのか」

涙と笑いのきずな劇場

「朝5時、きょうも元気」を企画・構成する時、リスナー（視聴者）の皆さんと毎朝、ふれあいの場を持ちたいと思った。ラジオはリスナーとスタジオとの交流（ツウウェイ）を最大限に進めることが成功のカギだと私は信じています。

「おめざめ三曲」「朝の食卓」「日の出リポート」「いろ鉛筆」「お日さま体操」くわえて「夕日を見る会」も番組として考えていました。でも、朝五時からの放送をどんな人々が聴いてくださっているのか、全く見当がつきません。しかし、聴いてくださっている方は必ずいる。その方たちを信頼し、お願いしよう。

番組作りは、まずリスナーを信頼することから始まりました。

放送開始後、早朝にもかかわらず、ハガキ、手紙、ＦＡＸによるお便りが続々と届きました。嬉しかったですね。

それも四十、五十、六十代を中心に七十、八十代の方も。そう一〇二歳になる方の元気な「日の出リポート」もありました。あのときの感動は今も忘れることができません。

多くのお便りのなかでも「いろ鉛筆」は朗読すると、ハガキが一通で約一分、お手紙、FAXでも二分程度の短さです。しかし、私は選んでいて何度絶句し、涙し、突然笑い出したことでしょう。嫁姑、登校拒否、交通事故と重いお便りもいただきました。そこにはリスナー一人ひとりの生活、生きざま、ドラマがあり、まさしく人生の劇場のようでした。

わずか一、二分の朗読の中身は一冊の本にも匹敵する内容と重さを持っていました。台所のテーブルで、庭の草をむしりながら、農作業の合間にと、暮らしのなかでほんの短い時間を作って書いたものが多く、そこには生活の唄が綴られていただけに選ぶのに苦しみました。

放送された原稿を含め、二年間にいただいたお便りはすべて保存してきました。今年も「年間大賞」を選考しなければと思っていた矢先、放送終了の通達でした。スタッフはア然としてしまいました。まさにこれからという時でした。他局では、この時間を強く意識してテコ入れを行なっていました。スタッフは「なぜ、どうして」と、いくどとなく関係者と話し合いましたが、終了の理由は、何一つ明らかにされませんでした。

二年間で五〇〇〇通以上にも及んだお便りを、さて、どうしたものか、と思案にくれました。ラジオを通して結ばれたリスナーとの絆を断ちきるのは忍びないと、本に残してラジオの絆の証にしよう決意しました。

出版は大変な作業です。番組終了間際に出版準備委員を募集したところ三十数名が参加してくださいました。掲載するお便りの選択、原稿整理、リスナーの名簿つくり、ワープロ打ち、装丁、イラスト、本のタイトル、章立てすべてがボランティアのみなさんの手づくりで完成した一冊「ラジオの絆」です。

掲載しました文章は、いただきましたお便りの原文を尊重し、歴史的記述についても、今日では使用しない表記などもそのまま使用しています。

本当にありがとうございました。リスナーが今、一番願っていることは、近い日に「朝5時、きょうも元気」が復活することではないでしょうか。

最後になりましたが、この本をまとめるに当たって、格別のご協力をいただきましたフリーライターの晴野まゆみさん、株式会社マインドクリエイティブのスタッフのみなさん、海鳥社の西俊明さんには、多くの助言をいただきました。そしていつもラジオを聴いてくださったみなさん。さらに本を読んでくださったみなさん、心から感謝いたします。

「朝5時、きょうも元気」担当　石田一夫

「ラジオの絆」刊行によせて

（編集委員のひとこと）

朝、目覚めるのが楽しみな二年間でした。「朝五時」は、まさに魔法の番組でした。

荻野春子

私のエネル源、それはラジオです。

當房ちず子

有志がきずいた友好の絆を未来につなぎましょう。

椿　直

ラジオっていいよ。心の架け橋、ありがとう。

松井公子

早起きは三億円の得をモットーに楽しく聴いておりました。少しでも多くの方にこのすばらしさを知ってほしいと思います。

行武ひとみ

皆様のがんばりがどれほど力を与えて下さったか分かりません。それほどすばらしい番組でした。

阿部敏宏

ほう！　そうか、ラジオで綴る感嘆符。

山崎　誠

ラジオから流れるリスナーの「喜怒哀楽」が私に力《パワー》をくれました。

赤木美保

二年間目覚めさわやか午前五時、一人ひとりの心に残った出来事その思いが読む人を勇気づける。

鳥井春幸

宇野さんとの出逢い、ラジオと心の絆ありがとう。

西山　巧

いろ鉛筆一日の日の始まりに。

野間八重子

笑いあり涙もありて読む綴り。

井口才男

やさしさと温もりいっぱいのこの番組の再開を祈っています。

中間令三

たくさんの方々の心にふれて、私の心もとっても豊かになりました。ありがとうございました。

木下敬子

宇野さんの美声に惹かれた私です。

小柳晴江

ラジオから元気もらって心地よく。

伊井喜代子

目覚めとともにラジオをつけ、宇野さんのさわやかな声に朝の支度へと手を進める。すばらしい番組に出会ったことをうれしく思っています。

宮崎紀代子

いつもラジオを聴いていて、皆さんとても文章が上手で、感心して聴いていました。私も一度と思っていましたが……。とてもいい思い出になると思います。ありがとうございました。

平松貴美子

書は人を表わすといわれています。手紙はいいですね。

和田政子

原稿を選択するとき、番組の人気のほどが伺えるたくさんのまじめなお便りに感動しました。

西山武彦

ラジオでおはよう、ありがとう。また会う日まで。

原　京子

宇野さんの番組で、心が救われたような気がします。優しく包み込むようなソフトな声は私たちリスナーを勇気づけてくれました。

中島けい子

ラジオ世代のリスナーパワーがよい形で残りました。この輪がもっと拡がりますように祈ります。

樋口紀美子

心をうつ文章、観音様のように優しい声。人間讃歌をありがとう。

西竹　信

すばらしいご本ができあがりますことを楽しみにしています。

堤ツルエ

この番組を通して多くの方と知り合えた事、私の人生が豊かになりました。多くのことを学び私の身に付けていければいいなと思っています。

今福寿子

私の目覚めと新聞配達の励みでした。ラジオでこんなにふれあえるとは思いませんでした。

富安代里子

さよなら、仲間に入れていただきありがとう。

吉村直子

ラジオを通じてこんなにたくさんの方々の人生の縮図を見せていただき大変よい思い出になりました。

脇　昌子

宇野さんの優しいお気持ちが伝わってくるとっても大好きな番組でした。いつも聴くだけで満足していました。そろそろ投稿しようと思っていたところでとっても残念です。私はいま劇団四季に夢中です。

入川博子

誰にもあるほのぼのとした生き方、悩み苦しみもさわやかに伝えていただいて、宇野さん本当にありがとう。

上石洋伺

「おとうさんはお人好し」「一丁目一番地」「オールナイトニッポン」など、ラジオを聴いて四十数年、私の元気の泉です。

久我純治

祝「朝5時、きょうも元気」メモリアル出版。いつかこの番組の復活を願っています。

石橋直由

宇野由紀子の「朝５時、きょうも元気」
ラジオの絆

■

2000年８月２日　第１刷発行

■

編者　「ラジオの絆」編集委員会
発行者　西　俊明
発行所　有限会社海鳥社
〒810-0074 福岡市中央区大手門３丁目６番13号
電話092(771)0132　FAX092(771)2546
印刷・製本　有限会社九州コンピュータ印刷
ISBN 4-87415-315-1
[定価は表紙カバーに表示]

海鳥社の本

おとなの遠足　　勝瀬志保・竜田清子

道草しながら歩こう福岡 ── 磯の香，朽ちた木橋，野ざらしの祠，里山の人，道端の草花，虫，鳥，川，雲，風．五感がリズミカルに息を吹き返し，さりげない豊かさに出会う小さな旅の愉しみ．福岡県内の選りすぐり35コースを絵地図で案内．　1800円

絵合わせ　九州の花図鑑　　作画・解説　益村　聖

九州中・北部に産する主要な2000種を解説．一枚の葉からその植物名に辿りつけれるよう，図版291枚（1500種）のすべてを細密画で示し，写真では出せない小さな特徴まで表現．専門用語を排したやさしい解説，併せて季語・作例も掲げた．散策，吟行に必携の図鑑．　6500円

蕨の家　上野英信と晴子　　上野　朱

炭鉱労働者の自立と解放を願い，筑豊文庫を設立し，炭鉱の記録者として廃鉱集落に自らを埋めた上野英信．筑豊文庫は，変革の拠点であり，上野夫婦，息子・朱の暮らしの場でもあった．上野英信と晴子夫婦の暮らしぶりを，深い愛情を込めて描く．　1700円

由布院花紀行　　文＝高見乾司　写真＝高見剛

さわさわと吹き渡る風に誘われて，今日も森へ行く．折々の草花に彩られ，小さな生きものたちの棲むそこは，歓喜と癒しのひとときを与えてくれる──．美しい由布院の四季を，草花の写真とエッセイで綴った「由布院空想の森」からのフォト・メッセージ．　2600円

季寄せ　花模様　あそくじゅうの山の花たち　正・続　　橋本瑞夫写真集

雄大なあそくじゅうの大自然を舞台に，時には繊細優美に咲き匂い，時には大胆華麗に咲き誇る，春から秋にかけての山の花の姿を見事なカメラ・ワークで撮らえきったオール・カラー写真集．写真100点とエッセイ・例句・花の解説で構成した花の季寄せ決定版！　各3000円

＊価格は税別